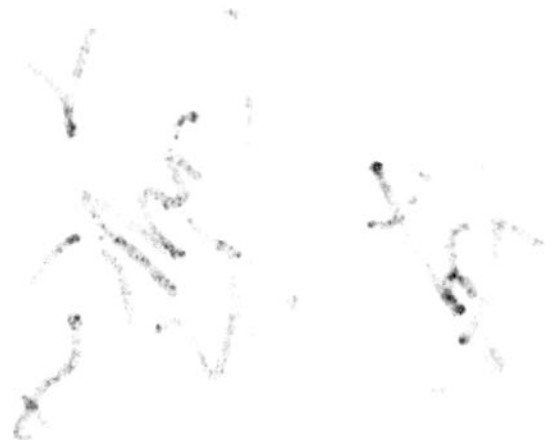

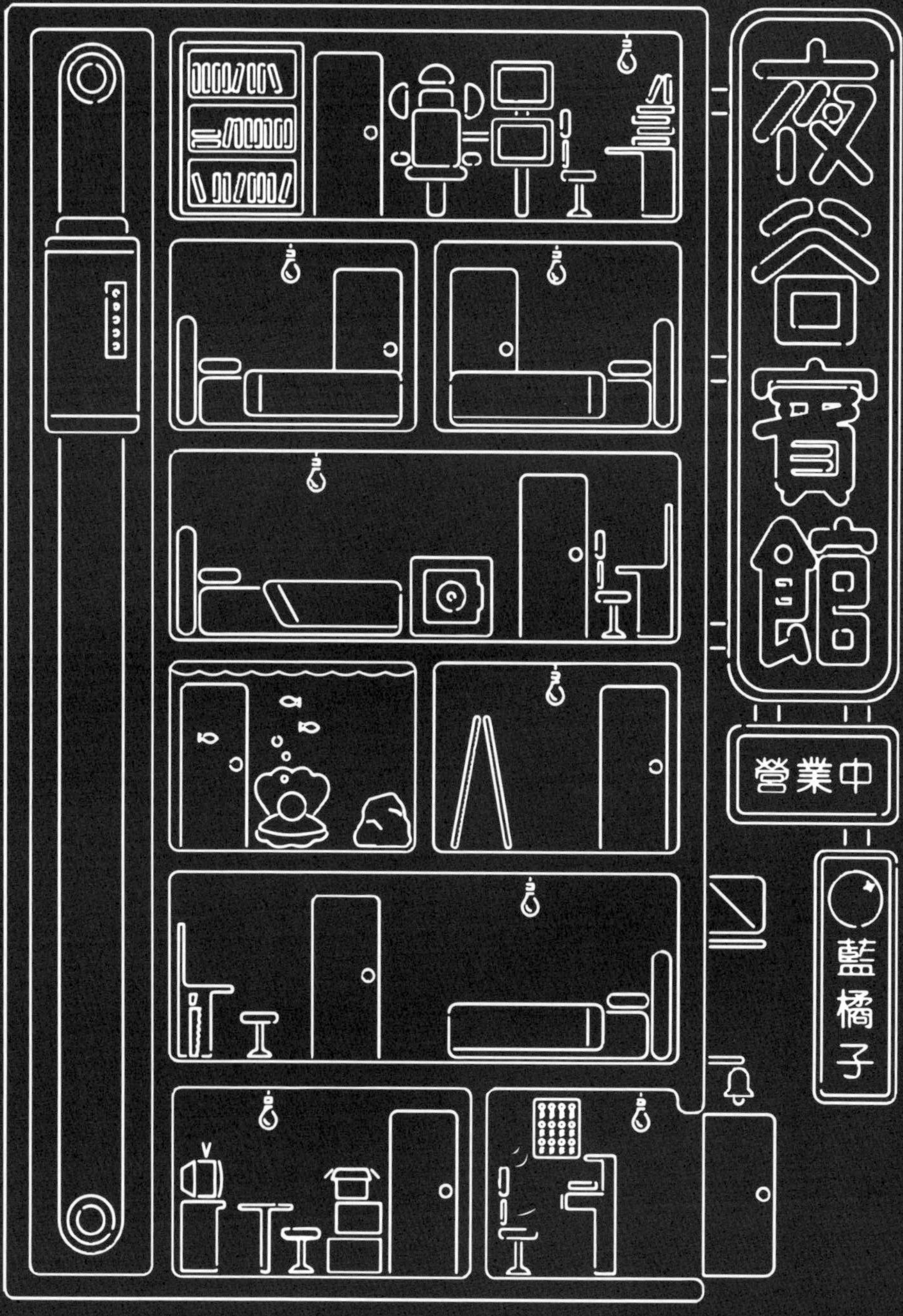
夜谷賓館
營業中
藍橘子

目次

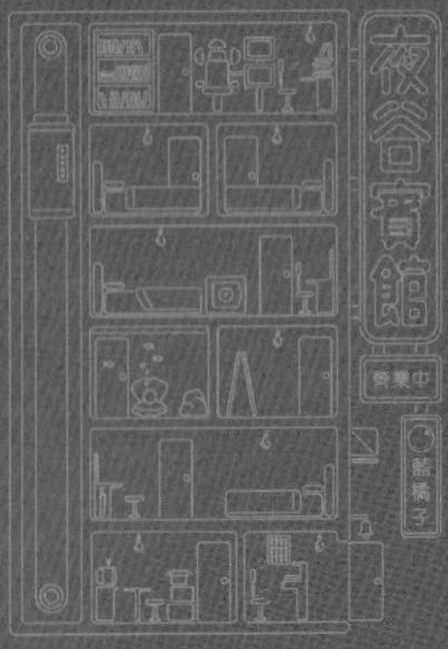

夜谷賓館 營業中

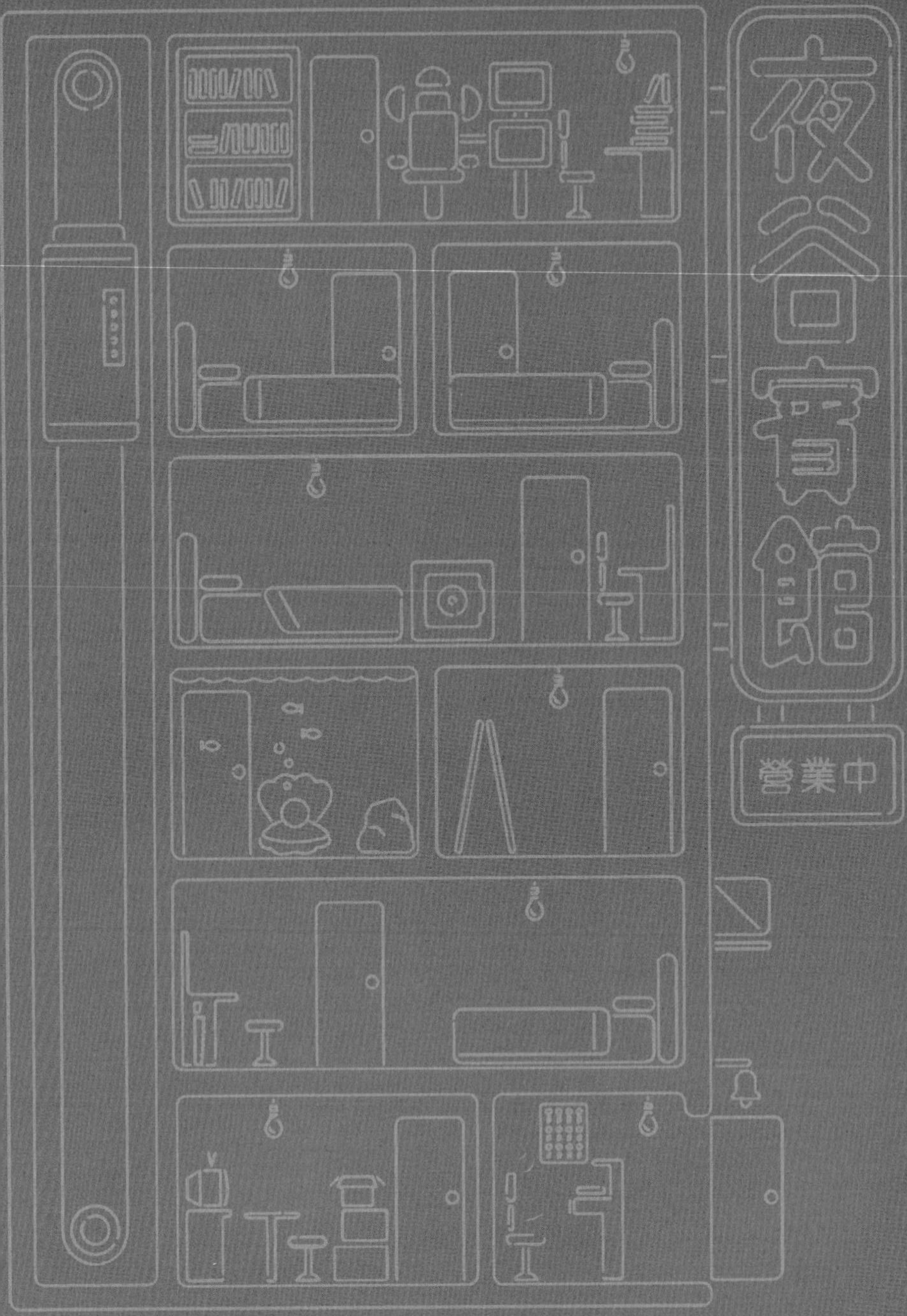

夜谷賓館
營業中

第一章 情侶的祕密

就是因為你隱藏得太好了，
才會惹人起疑！
那你說啊，
為什麼把戶頭的錢全拿光了！

一對年輕情侶推開賓館的門，門框撞到掛在上方的銅鈴，發出清脆的聲響。

「歡迎光臨『夜谷賓館』，請問幾位？」

「兩、兩個！過夜！」男生逞強的裝作熟練，眼神卻飄忽。

「吸煙嗎？」

「不。」

「白痴，當這裡五星級酒店嗎？這裡一律是吸煙房！」

「……」

「避孕套要嗎？」

「呃……唔……」

「給你五個吧！年輕人嘛，哈哈！」

男生羞澀的點頭，女生縮起肩膀左顧右盼，彷彿對賓館的所有細節都很感興趣。

我是這棟五層高賓館的老闆，從死去的父親那裡繼承過來的，聽說我祖父的祖父就開始經營這棟賓館了。這麼多年前就有賓館了嗎？我不知道，賓館雖然經過好幾次翻新，但如今也殘舊不堪，是這區的危樓之霸。

我替這對情侶作了簡單登記後，男生掏出錢包，一臉茫然的看著我。

「請問多少錢？」

「看你想要什麼囉！」

「蛤？兩個人，過夜……」

「我當然知道，你現在急需一間房間，跟身旁這位漂亮的女孩做到虛脱嘛！我的意思是，價錢由你需要的服務而定！」

「服務？」

「客房服務！懂嗎？」

「晚餐之類嗎？」

「你想要殺人都可以。」

我把505號房的鑰匙丟到櫃檯上，男生接過後，牽著女孩躡手躡腳搭了電梯上去。

除了人類之外，有些東西就是放得越久越值錢。

這棟賓館有一百多年歷史，不知何時開始，它有著神奇的力量。打個比方，賓館有五層，每層六個房間。但是不管有多少客人想要留宿，賓館從未爆滿過。

某次一輛遊覽車停在賓館門外，說原先訂好的酒店爆滿了，希望我可以幫忙疏導一下。

「你這裡還有多少空房？我全要！」導遊說。

有生意送上門，我才不會放過這個機會，能賺多少算多少。於是，我一邊幫吵到不行的旅客登記，一邊打開抽屜拿出房間鑰匙。原本還擔心房間不夠，結果……遊覽車上的所有旅客都分配到房間可住，連我也摸不著頭緒。

還有一次，一個全身染滿血跡的男人闖進來，他說他是個殺手，但因為某次的委託，現在被仇家追殺，希望在我這裡暫避一下。本來我不想惹上麻煩，但他拿著刀恐嚇我，我只好隨便給他一個房間。數分鐘後，幾個紋身大漢拿著更大的刀衝進來，他們是跟隨地上血跡追來的。

我沒必要替男人隱瞞，於是乖乖交出備用鑰匙，還拜託他們別砍到滿房間都是血，地毯一旦染了血，清潔起來很麻煩。

結果，這幾個紋身大漢翻遍了整間賓館，竟然都沒找到那個殺手。

隔天早上，更神奇的事情發生了，這個殺手竟然精神奕奕的走到櫃檯交還鑰匙，還說昨天晚上睡得像個嬰兒一樣，完全沒人敲過門。

還有一次，一個很不要臉的作家，不知從哪聽說這間賓館的傳聞，說希望來這裡找寫作題材。他只付了一半租金，就要求在這裡長住，他說等小說賣出去之後，再付剩下的一半租金。他還送了我一本簽名版小說，書名叫《匿名告密》，我連看都沒看就丟了。

簡單而言，這賓館能夠滿足所有房客的願望，祖父的祖父將賓館所有的事都記載在帳冊裡，有一個從一九二七年就一直住到現在的房客，每個月都準時支付房租，但我看他的樣子從來沒有變老過。

突然間，櫃檯的電話響起，來電顯示是505號房的年輕情侶。

「嗨嗨！想要避孕套要加錢唷！」

「你剛才說的是真的嗎？你會幫客人完成所有願望。」

「你想殺人嗎？」

「不！」

「還是想換個女友？」

「不是，我的女友正在洗澡，我是偷偷打電話來的。是這樣的，我急需一筆錢……」

「喂喂！我打開門做生意，你向我要錢，這樣合情合理嗎？」

「不是，我想請問一下，你有方法能短時間賺到錢的嗎？只要不犯法的事我都願意做！」

「這樣啊……」我嘆了一口氣，打開帳冊翻查房客資料，又說：「你現在去302號房吧！這個房客很有錢，他應該可以幫你。」

「我……我不想殺人啊！」

「我不是叫你殺了他，302號房客他很喜歡聽祕密，他會用錢買任何人的任何祕密。祕密越是有趣，他就願意付越多的錢。」

「真的嗎？」男生發出疑惑的聲調。

「不然你去殺人好了，方便快捷合情理。」

「那好，我去試試看吧！」

男生掛了電話，唉！這年頭的年輕人真是的，想要錢又不想努力……

半晌，電話又響起了。

來電顯示是５０５號房。

「怎樣？你是打算殺人還是賣春？」

「你是賓館老闆？」電話另一端傳來女生的聲音。

「噢！抱歉，我認錯人了，有什麼能幫你的嗎？」

「我男友跑去哪了？」

「他是你男友又不是我男友，怎麼會問我咧？」

「我在浴室裡聽見他剛才在講電話，我用回撥功能就打給你了。」

女人真是靈敏又危險的動物……

「他肯定有什麼事瞞著我，我知道，他在背後藏著另一個女生！」

「那打給我幹嘛？他是你男友耶！」

「你不是會幫房客做任何事嗎？」

「好啦好啦！你現在去302號房吧！那個房客知道天底下的所有祕密，任何人的祕密都逃不過他的耳目，你可以付他錢，買你男友的祕密。」

認識我的人都叫我「老闆」，我叫什麼名字不重要。因為是賓館滿足房客的要求，而不是我，我只是剛好擁有這棟賓館罷了。

「你想打發我走嗎？這恐怕連小孩都不會相信吧！」女生聽完我的建議後嗤了一聲。

「是嗎？可是你男友去302號房了。」

電話另一端發出巨響，女生粗暴的把電話掛掉了。

天底下的女生都患有焦慮症，她連電梯都等不及，逃生梯傳出一陣腳步踏在木板發出的急促聲響。

半晌後，女生氣沖沖的走到大廳，以厲鬼般的眼神盯著我，我馬上將寫有「老闆在忙，請稍候片刻！」的牌子放在櫃檯上。

女生一手將牌子撥開，雙手拍打櫃檯說：「快說！我男友在哪裡？」

「你沒看到牌子上的字嗎？老闆在忙。」我拾起牌子重新放在櫃檯上。

女生像一頭攔不住的野獸，衝進櫃檯裡想尋找她男友的線索，結果打開抽屜發現裡面空無一物，帳冊、電腦、計算機、鑰匙、連電話都沒有……

只有一張歷史悠久、表面有著無數花痕、中央油漆完全褪色的木製桌子。

雖然這間賓館擁有著神奇的力量，但是除了我以外，任何人都無法使用它。記載著房客資料的帳冊、能撥打到過去及未來的電話，能開啟無限量房間的鑰匙架……

這些東西像幽靈般，只有我能看得見、觸摸得到。不過，我沒辦法拿著它離開賓館，一旦離開賓館範圍，物品就會憑空消失，然後自動返回櫃檯上。

「說真的，你這副樣子，難怪男友會避開你。」我嘆氣。

「你說什麼！」女生用盡全身的力量盯著我。

「因為情侶間不該有祕密，所以我能看他的手機訊息，知道他所有事情，包括他的前女友，每天和誰吃飯，聊了些什麼……你是這樣想吧？」

「這樣有什麼不對？若不是見不得光的事，為什麼怕我知道？」女生。

「每打開一個祕密匣子，都要關上一道門。你不斷從窗外窺探男友，害他把心扉的門都關上了。」

「胡說八道！」

「不信的話，你自己去３０２號房吧！」

我輕笑說：「說不定他跟另一個女孩正在做活塞運動唷……」

女生打死也不願相信３０２號房有一個進行祕密買賣的房客，然而一聽見男友可能跟其他女孩出軌，她不經思考就相信了，接著像脫軌火車般衝上樓梯。

人們總是毫不猶豫的相信自己願意相信的，「疑心」只用來質疑不願相信的東西。

整棟夜谷賓館全由我獨自打理，老實說，我恨不得聘請幾個年輕美女服務生，我只需安坐在辦公室，每天滑滑手機上上網，金錢就自動溜進我的錢包，這才是像樣的老闆該做的事。而不是每天一早起來打掃房間，撿起用過的避孕套，刷沾滿大便的馬桶。

整天待在賓館實在有夠無聊，唯一的樂趣就是房客的八卦，所以我尾隨著女生走到３０２號房門，她毫不遲疑就扭開門把，硬闖進房間內。

女生剎時整個怔住了，眼前沒有她預期中的男女裸體交歡畫面，房間的擺設跟一般房間沒有兩樣，一張略嫌窄小的床，散發著霉味的床墊，地毯各處有著像斑點般的不明汙跡。

唯一的不同之處，就是床前放了一個巨型保險箱，保險箱上坐著一個戴著無框眼鏡、像在高級商業區才會出現的西裝男人。

「歡迎光臨。」西裝男露出熟練的笑容。

「你把我的男友藏到哪裡去了？」女生突然變得歇斯底里。

「唷唷！」西裝男揚起細長的眉毛，「哈哈哈！果然很有趣，原來你就是剛剛那男生提到的女朋友啊！」

「喔？你認識我？」女生訝異。

「當然！剛才你男友把一個寶貴的祕密賣給我，現在他拿錢走了。」

「祕、祕密？」女生。

「你如果想知道祕密的話，就跟我買吧！」西裝男露出商人的招牌笑容。

「喂喂！他是你的男友，你親自去問他不就好了？」我忍不住插嘴。

「老闆，你別阻礙我做生意。」西裝男。

「多少錢？我買！」女生已經失去理智了。

「唔……我算算看，剛才我從你男友買來的時候是兩萬塊……」

西裝男拿著計算機，發出噠噠噠噠的按鍵聲。

「我給你兩萬塊！你把祕密告訴我！他一定有外遇！」

「不行！現在要賣給你六萬塊！」

「六萬？」女生。

「做生意當然要賺錢才行，祕密買賣是穩賺不賠的生意唷！哈哈哈哈！」西裝男笑著拍打保險箱。

「我……我……」女生臉色整個灰暗下來，用力的咬得下嘴唇都發白了。

她像是下定決心般，拿出提款卡指著西裝男說：「好！我買！」

「呵呵！謝謝惠顧。」西裝男。

「你、你真的考慮清楚了嗎？」我對女生的行徑感到寒毛直豎，女人真是可怕的生物。

「這是我們的聯名儲蓄帳戶，雖然大部分錢都是他儲的，但我揭發了他出軌，就會跟他分手了，裡面這些錢就當作是教訓他的不忠吧！」

「隨你喜歡……明天有錢交房租就可以了。」我摸摸鼻子避開她厲鬼般的視線。

「好，成交！」西裝男不知從哪裡拿出一部可以刷提款卡的機器。

不料，刷卡機顯示「交易失敗」。

「小姐，你的餘額不足。」西裝男板起臉。

「不可能！」

「真的，裡面的餘額變零了。」西裝男。

「難道他拿著錢跟其他女人私奔了？」女生跪在地上，咳了一聲便痛哭起來。

我和西裝男對視聳聳肩，突然間，一道身影從外面跑了進來。

「咦？怎麼了？」男友跑回來了，看見自己女友坐在地上抽泣，馬上過去扶起她。

「你……你不是私奔了嗎？怎麼回來了？」女生。

「私奔？你在說什麼啊？」

西裝男把事情告訴男生，男生聽完後整個呆愣。

「我……我從來就沒跟其他女生曖昧過，怎麼你會這樣想？」男生頭上一片烏雲。

「就是因為你隱藏得太好了，才會惹人起疑！那你說啊！為什麼把戶頭的錢全領光了？」

女生氣呼呼的興師問罪。

我背脊冒汗，到底女生的腦袋是怎麼樣的構造，才會萌生出這種思維。

「我是為了買這個啊……」男生深呼吸一口氣，單膝跪下，從口袋掏出一枚閃閃發光的戒指。

「戒指！」女生驚訝得合不攏嘴。

「我一直在想，我們已經相識這麼多年了，連相識紀念日也要你來這種又髒又臭的地方，我這樣的男人，怎麼可能給你幸福……」

「喂喂！什麼叫又髒又臭！你求婚就求婚，別太過分啊！」我警告男生。

「你……」女生嘴唇顫抖，又再哭了。

「我承諾，我以後會努力，成為一個讓你幸福的男人。你願意嫁給我嗎？」

女生點頭說：「我願意！」兩人擁在一起。

等他們吻夠了，西裝男聲明剛才交易已經成立，需要在一個月內交出六萬塊。

「什麼！原來你剛才想買我的祕密，才會出現在這裡嗎？」

「對不起……」

「那、那麼……現在那個祕密……」

「只要你支付六萬塊，那個祕密就會告訴你了。」西裝男看著女生。

「不要緊，現在我已經不想知道了。」女生一臉幸福的看著戒指。

「我會替她繳這六萬塊的。」男生。

「隨便你們。」西裝男。

「鬧夠了就回房間去吧！那些避孕套就當送你們好了。」我。

我伸了個懶腰離開房間，這種鬧劇真的有夠無聊，要是女生信任她的男友，就不用白白付這六萬塊了。

隔天早上，那對情侶退房了。女生像花痴一樣望著男生，男生則是臉上堆滿複雜的表情，把鑰匙交還給我。

下午，302號房的祕密商人拿著公事包下樓，他說約了客戶見面，我叫住了他。

「那個男友賣給你的祕密，真的是要跟女友求婚這麼簡單嗎？這麼遜的祕密你該不會用兩萬塊買吧？」我問。

「嘿嘿……」西裝男輕笑：「你也想買這個祕密嗎？一場相識，算你便宜一點，四萬五就好！」

「我才不要買呢！」

西裝友揮揮手離開賓館。

男生不會想到女友會闖進房間買回他的祕密，再加上他特意說要幫她付清這筆交易費用，這個祕密應該是不能見光的吧！

夜谷賓館
營業中

第二章　不死的母親

就在這個時候，
我察覺到站在我眼前的口罩男輪廓開始模糊，
我用力嘆一口氣，
憎恨多管閒事的自己。

祕密商人離開不久，有一個戴著墨鏡和口罩的男人來租房，看樣子他不像是遊客，信用卡也是本地的，但奇怪的是，他拖著一個笨重的行李箱。

我把101號房間租了給他，差不多到了晚上，我把外帶的晚餐拿進辦公室，賓館的辦公室平常只用來吃飯、看電視和堆放雜物之用。

突然間，我聽見天花板傳出鋸開硬物的聲音。

在我上方的，正是101號房……

拉鋸聲沒有持續太久，我便聽見樓上傳來一聲男人的慘叫，聲響隨即停止了。

這種事在賓館裡經常發生，我也早已習以為常，吃完眼前的飯盒，正想泡一杯咖啡，外面大廳的櫃檯就有電話打來了。

「嗝……有什麼事嗎？」我打了個臭嗝。

「你好，我是101號房的房客。想問一下，裡面的宣傳單是真的嗎？」果然是口罩男。

「你是指『地方媽媽需要愛』，還是『威而鋼神藥』？」

「呃……我是指……任何委託都能達成的宣傳單，下面還列了不同的價目。」

「那視乎你需要什麼服務囉！」

「我……我想要殺人。」口罩男的聲音小得像蚊子一樣。

「嘖！低級！」我嗤之以鼻。

「請……請快點過來，情況有點特殊。」口罩男。

夜谷賓館能幫房客完成任何願望，帳冊記錄了賓館能夠做到的事，但「殺人」始終還是最受歡迎，每次聽到房客想要殺人，都讓我不禁搖頭嘆息。

就像那些標榜著最絕望、人性最醜陋一面的低級電影。每次我被這些字眼吸引入場，結果又是那種殺人就是最邪惡的事，人性最殘酷也只不過是為了生存而自相殘殺。

這全都是人們膚淺幼稚的自我催眠，以為邪惡只會在電影裡發生，遠離我們的現實。

但事實上，邪惡每天都圍繞在我們每個人身邊。隨便走進一間學校，都能找到足以毀掉一個人一生的霸凌事件，然而老師卻殘酷的坐視不理。隨便一間辦公室，隨時都上演著人性滅絕的戲碼，為了上位不擇手段。

掛掉電話後，我特地返回辦公室，慢條斯理的泡著咖啡，然後拿著熱騰騰的咖啡走上一樓，敲敲101號房門。

口罩男打開一條門縫，瞧他焦急得六神無主的樣子，我輕喝一口咖啡，壓抑著笑意。

「你看！」口罩男敞開房門，指向房間裡的梳妝桌前，坐著一個頭顱低垂的女性。

我探頭看進去，屍體是一名年約五十歲的女人，長髮斑白，四肢纖瘦，皮膚已失去彈性的充滿皺褶。

她身穿日常的睡衣，頭顱像失去頸椎支撐般垂下，頭髮把面容遮掩住，暴露出頸部有明顯的勒痕，左腳被斬開了一半，旁邊有一把染血的鐵鋸。

「血漬有多難洗你知道嗎？」我斥責。

「對不起！我不知道從何下手！本來只打算隨便找個地方毀屍滅跡，但我看到房間貼著這張廣告，就……」

「你打算隨便找個地方，然後來我這間賓館？」

「不不不！我不是這個意思！但我現在真的不知該怎麼做……求求你幫我！」口罩男跪在

地上嗑頭，真是窩囊到極點。

「你用這把生鏽的鐵鋸，連手指都割不掉。」

「我家裡只剩這把……」

「當人死亡之後，血液會堵在胸口位置。分屍若是從腳開始，原本停止流動的血液便會亂竄，從上半身流遍全身尋找缺口，所以你看，我的地毯和床單……」

「對不起！不過，我媽沒有死。」口罩男。

「她沒有死？」我脖子伸前，指向一動也不動的老女人，突然意識到什麼似的瞪大雙眼：「蝦咪！她是你媽？」

事情剎時變得有趣起來，真好！這杯咖啡沒有浪費了。

「沒錯，我是想把她殺死，但她一直死不了。」

我狐疑的凝視著被斬開一半懸晃著的腳踝，老女人一動也不動的坐在化妝桌前，由於頭髮一直擋住臉，我無法確認她有沒有死。

由於「令屍體消失」與「殺死活生生的人」是不同類型的專業，要找不同的專家來處理，所以我必須確認這一點。

「我想知你媽死了沒……」

我正想開口，口罩男便打斷我的說話，對著老女人說：「媽，他是我的朋友，叫……」

口罩男看著我。

「叫我老闆就行了。」

「我朋友叫老闆，我們來這裡度假了！」

口罩男把老女人的頭扶正，擺好坐姿，一直喃喃自語又點頭，像在跟某人耳語交談。

「我媽餓了，我們能叫外賣嗎？」口罩男大聲的說，接著走到我面前，搭著我的肩走出房間，又回頭瞄一瞄房間內的老女人，便湊前來輕聲說：「我殺不死我媽。」

「你嗑了什麼藥嗎？」

「不！我三天前把我媽勒死了，但她突然站起來跟我說話，還煮飯給我吃，我偷偷灌她吃毒藥，她還是死不了。隔天早上，我發現她睡在床上，便用枕頭想讓她窒息，結果弄了半個小時，沒想到她打個呵欠就醒來了。」

口罩男警戒的看著我說：「你……不會報警吧？」

「要是我報警，賓館一半房客都會退租。還有，我要收雙倍價錢。」

「雙倍？」口罩男。

「放心，你殺你媽的事我不會過問，也不是要威脅你。只是你這個委託，我需要請兩個人來，一個負責殺死你媽，另一個是令屍體消失的專家。」

雖然嘴裡這樣説，但其實我心裡很想知道口罩男殺死自己母親的原因。

「我明白了，我可以用我媽的保險金。」口罩男。

「那你在房間等我一下。」

口罩男點頭後返回房間，才關上門，就聽見他說：「媽，外賣很快就到了，你稍等一下。」

我返回櫃檯拿出帳冊，這帳冊是我繼承賓館時得到的，外皮用厚實的硬紙材質，再用深咖啡色的皮革包裹著。裡面的紙質寫字時非常順暢，我會將房客的日常事記錄在內，當然，口罩男的事也會寫上去。帳冊的頁數是用不盡的，只要一頁一頁翻，永遠都不會翻到最後一頁。

帳冊的目錄頁也會自動更新，非常方便。然而除了我能看得見帳冊的內容，其他人看上去，全都只是空白一片的白紙。

我從電話簿裡尋找一個適合的殺手，每個殺手都有屬於自己的代號，聽說只要殺死那個殺手，連代號都會繼承。

當然了，代號在業界的名聲都能完全繼承，對於新手入職的殺手非常方便。就像受歡迎的餐廳一樣，即使換了大廚，只要食物不變，沒人會管大廚是誰。

我打電話給一個叫「鯨」的殺手，他雖然沉默寡言，但做事俐落，不會出亂子，聽說他的代號是從父親那裡繼承過來的。

我不知道他在殺手業界強不強，不過只要能夠替我殺人就行了。

三十分鐘後，鯨穿著普通的上衣短褲出現，彷彿從家裡接到電話馬上出門一般。

他與我對視，我說：「101號房，老女人，沒特別要求。」

鯨不發一言，直接從樓梯上一樓，我拿著吃到一半的薯片跟了上去。

鯨一手打開房門，同時另一隻手俐落的掏出手槍，看了一眼就「砰！」一聲開槍。那老女人的頭顱應聲大幅度的晃了一下，從椅子掉到地上。

鯨正要回頭時，口罩男就大叫：「等等！她還沒死！」

本來，鯨已經把槍收回去，打算離開現場，他就是這麼乾淨俐落的殺手。但聽見口罩頭說他媽還沒死，鯨僵住了腳步，用深邃的眼神盯著口罩男。

就這麼一瞬間，我身體的每吋肌肉都像觸電一樣不受控的緊繃起來，還不慎把手上的薯片撒到一地都是。不只是我，口罩男比我還要慘，他的雙腳不聽使喚的猛抖，雙腿之間一片黃色液體擴散開來。

這全都是因為鯨，雖然他只是站在原地不發一言，也沒做任何恐嚇性的舉動，但是暴戾的殺氣，卻使我們這些凡夫俗子嚇到噴尿了。

「我要加收你清潔費！」我指著口罩男。

在殺手面前說「沒殺死委託目標」，就等同跟廚師說他的食物沒煮熟一樣，以專業角度來說，我相信鯨是不會再拿出手槍了。

「你媽連頭都掉下來了，怎麼會沒死？」

「你們看啊！她站起來了！」口罩男指著躺著的屍體，又說：「媽，別擔心，我等一下幫你換一套衣服，這一件沾了血就不要了。」

我瞟了一眼薯片，包裝袋裡只剩下一點點，還被捏碎得不像話。我懷著豁出去的心，仰頸把袋裡的薯片屑灌進口裡，然後將包裝袋丟掉。

我走近去，老女人在椅子上倒下的姿勢很不對勁，腳掰折了九十度，我搖一下她的肩膀，沒有絲毫反應，嗯！很好，近年喪屍這題材都被拍爛了，我也不想賓館裡發生喪屍事件。

老女人掉出來的頭顱，還是羞澀的用頭髮遮蓋著臉孔，我禮貌的將她沾有血液的頭髮撥開，這時才露出了灰白的臉孔。

我仔細端詳，老女人的眼睛蒙上一層白膜，眼球嚴重乾涸得已經枯萎，嘴唇發黑，還散發出一陣腐臭，這些都是人體死去超過一段日子的特徵。

頭顱會被一槍打下來，就代表她來賓館之前已經「被殺死」過很多遍了。

鯨不知在什麼時候消失了，這裡是一樓，但我完全沒聽見有人打開賓館大門離開的聲響。

真不愧是殺手……

「我跟你說，我不想演那種『你媽只會在跟你獨處時才會甦醒，大家對你的不信任，令你陷入了絕望』的老土劇本，我說她死了就是死了！」

「但，她晚上會起來跟我說話……」明明都尿褲子了，不知道口罩男還堅持什麼。

就在這個時候，賓館有人推門進來，門框碰到掛在門後的銅鈴而發出聲響。

「清潔來了。」樓下有人叫喊。

口罩男茫然的看著我。

「是令屍體消失的專家。」我示意他上來，一個身材矮小的老人，身穿全白色衣服，雙手各拿著一個水桶，裡面裝著各種清潔工具和特製的清潔劑。

「但是我媽……」口罩男。

「別鬧了。」我。

清潔工大致看了看現場的狀況後，將幾種不同的清潔劑混合在一起，噴灑在染滿血的地毯上。隨著化學作用的「滋滋」聲響，地毯冒出紅色的泡泡，泡泡又凝固成一塊塊的固體，清潔工輕鬆的將它們鏟起來，裝進水桶裡。

至於口罩男母親的屍體，清潔工並沒有像電影般將屍體切成一塊一塊，而是耐心的把皮膚、肌肉、脂肪、骨骼分門別類後，再個別處理。

時間一分一秒過去，我坐在床上玩手機打發時間，口罩男死也不肯換掉那騷臭的褲子，看著母親一點一點的在這世界上消失。

「我……媽……真的……死了……」

直到他母親剩下一堆內臟和骨頭仍未處理時，口罩男說。

「呵！你現在才發現嗎？」

「我已經聽不到她的聲音了，再也見不到她了……」

「父親在我出生沒多久就跟她離婚，她是個嚴厲的母親。考試成績不好就打我，我晚了一點回家，她就把家門鎖起來不讓我回去……我很討厭她，所以長大後，很快就搬出來自己住了。我每個月都會回家陪她吃飯，但總是因為一些小事而吵架。」

口罩男邊哭邊說，清潔工專注將一些粉末灑在內臟上，內臟瞬間變成一堆嫩粉色的泡泡。

「每一次吃飯，家裡就變得吵吵鬧鬧，每一次飯還沒吃完，我就氣沖沖奔出屋外，用力的把門關上。『我以後都不回來了！』這句話代替了『再見』。

「我回家的次數變得越來越少，半年一次、一年一次……，直至有一次回家，家裡變得安靜異常。當我打開門發現，桌上沒有準備好的飯菜，我媽只是呆坐在沙發上看電視。

「『媽！前幾天我不是發訊息跟你說過，今天會回來嗎？』我如此責備她，但當我發現家裡亂得一團糟時，地上有散落一地的米粒、廚房放著整個燒得焦黑的鍋子、浴室沒關上的水龍頭……

「我走前去看見母親的模樣，那一刻，我整個人都嚇呆了。雙眼沒有焦點，鼻孔插著不知名的喉管，旁邊掛著尿袋，裡面裝著半滿的黃褐色液體。她頸上掛著一個電話號碼，我依循號碼打過去，原來是負責照顧我媽的社工。

「後來我才知道，我媽的腦袋出現了毛病，智力急速退化，也失去了記憶。某次在街上暈倒被送進醫院，便確診出病情已經到了無藥可救的地步。社工說，本來想第一時間聯絡親人，但她記不起親人的聯絡方式。

「我媽跟社工說：『我兒子很乖的，他上班很忙，千萬別打擾他。』那時候我才驚覺，原來我搬出去這麼多年，家裡已經完全沒有我住過的痕跡了。

「那天起我便搬回家裡住，還跟公司請了假。某天，我媽突然清醒過來，將我的東西全都丟出屋外，說她不需要我照顧，不想為我增添半點麻煩，如果我不離開的話，她就立即自殺。

「從小到大，我離家出走過很多次，但我媽從未試過趕我出去。她甚至拿出菜刀威脅我，我只好等她消氣才回去。等到我晚上回家的時候，就發現她上吊自殺了。我馬上報警，但就在我在電話裡跟警察說明狀況時，我媽突然醒過來了，所以我馬上掛斷電話……」

「我聽說過，當人受到無法承受的傷痛，便會變得神智不清，你媽醒來其實只是你的幻覺吧？」

「當時的我沒意識到這件事，我媽一醒來就罵我是殺人凶手、不孝子，我實在受不了，就把她殺了。」

「這全都是你心裡接受不了自己，而產生出來的幻覺。」

「是！這麼多年來，我媽從來沒罵過我不孝。對了！你說過可以完成我任何願望吧？我想讓我媽復活，我想見她，我想再聽聽她的聲音！」

「人死不能復生，我無法讓你媽復活，但是……」

「但是？」口罩男彈跳起來。

「我可以讓你跟她對話。」

我帶著口罩男去櫃檯，放在櫃檯旁邊的老舊撥輪式電話，可以打電話到過去和未來，我能讓口罩男打電話給過去仍未死的母親。

「注意喔！通話以秒計費的。」

「沒問題！」

口罩男緊握著通話筒，眼淚流個不停，我理所當然的站在旁邊聽著。電話接通了，傳來一陣中年女人的聲音。

「媽……是你嗎？」

「小偉？打回來幹嘛？不用上班唷？」

「今天……休假！」口罩男哭得口齒不清。

「那回來吃飯吧！」

「我……不能……」

「那就算了，我也不用煮得那麼辛苦。」

「媽……」

「嗯？你聲音怎麼了？沒事吧？」

「我沒事，媽……我愛你。」

「傻孩子。」

我實在受不了，於是伸手掛斷他的電話。

「你幹嘛？我有錢！我全都給你！」口罩男大叫。

「有錢了不起啊？」

口罩男跪在地上，哭得死去活來。

「我是受不了你的悲情戲，好嗎！為什麼你不打電話給過去的自己，好好罵醒他，說不定能改變現在的慘況呢！」

口罩男聽見我的建議後整個呆愣著，腦海一片空蕩蕩，頭頂有幾隻烏鴉飛過。

突然，他就像被接上電源的跳舞機器人一樣充滿了能量，大跳高呼：「對！你說得對！」

口罩男馬上又拿起電話，然而原本想撥號的手指，卻懸在了半空。

「又怎麼了？」

「我該打電話到哪個年份的自己呢？」

「這個問題你要靠自己想想看。」

口罩男沉思的樣子又呆又蠢，彷彿靈魂出竅般，從腦袋的記憶庫裡翻轉一遍，希望能找出最確切的時間點。

「我想到了！」口罩男下定決心，撥打回十七年前的十二月二十四日，平安夜那晚。

電話筒裡傳出接駁鈴聲，口罩男一臉焦躁的等待著。

「喂？」

「媽！是你嗎？」口罩男反應極大，幾乎整個人跳起來。

「你是誰？」

「呃……抱歉……太太，唔……我不知道該怎麼説，但是等一下你會跟兒子去買聖誕禮物、吃大餐對吧？」

「是有這個打算……」

「等一下你兒子會在商場裡偷玩具。」

「蛤？我想你應該打錯電話了。」

「等等！太太你先聽我説，你一定要相信我，你的兒子雖然總是對你不理不睬，但其實他很愛你。他只是很害怕……在自己母親的眼中是個拖油瓶。他出生不久，父親就離開了這個家，但他只是個小孩，還不懂得表達自己，所以有什麼事都不敢跟你説，怕你厭棄他。哈哈！雖然聽起來很蠢，但他就是一個這麼善良的孩子……」

「雖然我不認識你，但不知怎的，我相信你說的話。」電話另一端說。

「等一下他會在商場裡偷玩具，這樣做只想引起你的注意，因為他察覺到，你還是忘不了已經離開多年的丈夫，變得整個人都失魂落魄。」

「沒錯！他是在平安夜那天跟我提出離婚的。」

「太太，你雖然發現自己的兒子偷竊，但卻幫他隱瞞了下來。這樣子不行！你一定、一定要狠狠責罵他！」

「哦？」

「他會哭著對你說對不起，然後跟你坦白憋在心裡的心結。」

電話沉寂了好一陣子。

「好，我明白了。」

「謝謝、謝謝你！」口罩男淚水爬滿臉。

「請問，我們認識嗎？」

真是夠了……

就在這個時候，我察覺到站在我眼前的口罩男輪廓開始模糊，我用力嘆一口氣，憎恨多管閒事的自己。

「喂！窩囊廢！」我拍一拍口罩男的肩膀，轉動著手腕。

「咦？」口罩男疑惑的看著我。

「我幹你！幹你！幹爆你！」我用盡全力摑了他幾巴掌，口罩男原地轉了幾圈跌倒在地，還流著鼻血。

「嗚！好痛！你幹嘛？」口罩男一頭霧水，捂住腫起了一大塊的臉，眼睛血管破裂。

「你欠我房租！」我摸著發燙的手掌。

「我會付啊！」口罩男的聲音像在水裡叫喊一樣含糊不清。

「笨蛋！你已經沒機會付了！」話音剛落，口罩男就在我面前消失了。

這就表示，口罩男成功改變了過去，他的母親沒有自殺，他們也就不用來夜谷賓館了。

雖然這也表示殺手「鯨」沒來過，「清潔工」也沒來過，但感覺就是不爽！就像夢到下期彩票的所有號碼，卻忘了買彩票一樣。

我返回櫃檯後，泡了杯咖啡，打開帳冊將這件事記錄下來，手掌傳來的灼燙感漸漸消失，彷彿不存在過一般。賓館的各處都蘊藏著不可思議的力量，例如「賓館使用說明書」的辦公室、能騰出無限空間的雜物室，還有非逼不得已也不會進去、是把雙刃劍的地下室。

即使一個全身綁滿炸彈的自殺式恐怖分子衝進賓館內，賓館只會絲毫無損。賓館雖然殘舊，但也不受時間影響，它維持著現在這個樣子已經很多年了，儘管我想改造它的裝潢也改造不了。

作為老闆的我，亦會受到賓館的保護，但只限在賓館建築範圍內。

賓館擁有無法估計的力量，也能完成房客的委託。

相對的，包括老闆我與所有房客，都必須遵守它的「規則」。

我拿出「請稍候片刻」的牌子放在櫃檯前，穿起父親留給我的風衣，外面會下雨嗎？還是保險起見比較好。

我從玄關內的雨傘架，隨意拿起客人遺留下來的雨傘。

一把……不，兩把吧！我不想和「他」太過親近。

雖然賓館會處於無人看管的狀態，但我有要事必須出去辦理一下。

夜貓館
營業中

第三章 小屁孩

回家後在父母面前展示這東西，
他們就會冷靜下來乖乖跟你談了。
不過你要記住！
別用死來威脅父母！

「你好，報案中心。」

「我逃出來了！快來救我！」

「先生你先冷靜一下，告訴我你現在的位置，發生了什麼事，叫什麼名字？」

「我叫吳凱軒，我不知道現在的位置。」

「附近有什麼？你能告訴我嗎？」

「很多賣東西的店舖，很巨型的，店名我不懂怎麼讀。」

「附近有街道名嗎？」

「有，但……這個字，我不知道怎麼唸……」

「到底發生什麼事？」

我從9歲、小學四年級起，就被軟禁在一間賓館內。

今年，27歲……

我還記得那一天，我們一家人郊遊時，跟父母走失了。我一直往下山的方向走，走了差不多半天，我實在累壞了，雙腳使不上力，又渴又餓……

茂盛的樹木成了天然屏障，本來已遮蔽了大部分的陽光，太陽下山後，周圍變得幽暗，使得氣溫驟降。我瑟縮在一棵大樹下休息，樹葉磨擦的窸窣聲從遠到近，像海浪聲一樣。

我把頭埋在雙膝下，雙腳一直顫抖，我不敢抬起頭，生怕會有怪物出現在面前。

不知不覺間，我就睡著了。

當我再次睜開眼睛，身體彷彿泡浸在一片溫暖的海水中飄浮一樣。

我轉動眼球環視四周，發現身處在一間房間內，床邊擺放了一杯熱的巧克力牛奶。房間除了功能性的家具，幾乎沒有多餘的擺設。

一張床、一個小衣櫃、一張桌子、一張椅子、一個牆上掛鐘、狹窄的浴室，除此之外，什麼都沒有了，房間連窗戶都沒有，所以我不知道自己睡了多久。

我坐在床上，把熱巧克力牛奶捧在掌心，還暖呼呼的，這房間的主人應該很快就會出現了。等他出現後，我一定要向他道謝，然後回家，爸媽一定非常擔心我。

但我萬萬想不到，房間的主人一直沒有出現，我足足等了十八年！

巧克力牛奶喝光了後，我走進浴室將沾滿汙泥的身體洗乾淨，出來時發現門前出現一盤食物，食物還冒著煙，是剛才房間主人留下的吧！

實在太失禮了，爸媽一定會責怪我，別人替我準備了晚餐，我卻竟然一聲不響就使用別人的浴室洗澡。但我實在餓壞了，食物的香氣撲鼻，肚子不爭氣的咕嚕作響。

把晚餐吃光後不久，突然一陣頭暈轉向，接著眼前一黑，我就昏倒在地上了。

醒來時發現自己睡在地板上，餐盤已經不見了，床邊放著一杯熱牛奶和麥片。

我當時雖然年紀尚幼，但很快就猜到，食物裡有使我馬上昏睡的藥物。

我不敢吃那份早餐，然而，房間主人一直沒有出現。我試過大力拍門叫喊，但木門非常厚實，聲音幾乎完全無法穿透，外面也完全沒有動靜。

餓了兩天，牛奶變酸了，麥片也變成一坨噁心的膏狀物。

那時候我就發現這房間的一個規則，就是一定要吃掉房間主人擺放的食物，進入昏睡狀態，他才會再次出現。

我不敢把食物沖到馬桶裡，因為我怕會餓死。於是，我憋著氣把牛奶和麥片都灌進肚裡，酸臭味使胃部像抗議般劇烈翻滾，但來不及衝進廁所嘔吐，我就失去意識昏迷了。

再次醒來，依舊趴在地板，整張臉都是腥臭半乾的嘔吐物。門前，再次擺放一份全新的食物。

房間主人提供的食物非常有規律，早餐、午餐、晚餐，每次款式都一樣，從來不變。譬如說那杯巧克力牛奶，它的溫度、甜度、濃度每次幾乎都一模一樣，我喝了足足十八年，所以我能夠確定！

警察先生，你問我為何知道自己27歲？

因為每一年，房間主人都會把一個蛋糕送進房間，我憑著蠟燭的數量知道自己的歲數。雖然他不知道我的生日，不過我想他是以我被困在房間裡的那天開始計算吧！

哦哦！在我面前的是叫「大型商場」嗎？哦……

抱歉，我有點忘了，我一直待在房間裡，幾乎斷絕了與外界的接觸，所以我對於外面世界的記憶，還停留在9歲那一年。

有很多生字我都不知道怎樣唸，對不起……

對！街道有英文字的，我能拼給你聽，這樣就可以了吧！

我在旁邊的電話亭，對！嗯，好的，求求你趕快來救我，因為如果房間主人發現我逃走了，一定會抓我回去。

好，在原地等待是吧？我知道了……

過了大約十分鐘，終於有警員到場，他們將我帶回警察局。

警察叔叔們叫我在房間等待，但我死也不願再進去任何房間，我對封閉的密室有非常大的恐懼。警察叔叔說，他們會依照我的證詞，查出過往二十多年的失蹤案件，並聯絡我的父母。

太好了！他們一定很想念我！

我一直等著，心情由鬆了一口氣變得焦躁不已，為什麼我的父母還沒有來？

過了不知多久，一個警察走了過來，用狐疑的眼神打量著我，問了我很多被軟禁的細節，我全都一一回答了。

「你的名字叫吳凱軒吧？我們已經查過資料庫了，並沒有與你相關的失蹤資料。」

「怎、怎麼可能！」

「放心，我們會把你的資料登上網頁，希望更多有關人士幫忙。」

就這樣，我在警察安排的房間裡住了三天，我要求每天都外出，但警察們只讓我在宿舍範圍內走動。

終於，一個自稱是我哥哥的人來接我了。

我告訴警察，他不可能是我哥哥，因為……

我根本就沒有兄弟姊妹！

我被軟禁了十八年，對外面的世界非常陌生。

但起碼我知道什麼叫車輛、我知道有電視、有鈔票……，我瞭解社會的運行模式。

我看著眼前這個自稱是我哥哥的男人，卻完全沒有半點跟記憶關連的感覺！

「簽署這份文件，就可以走了。」

「呵呵！辛苦你了警察先生，你們找到我的弟弟，實在令我鬆一口氣。」

「等等！他不是我的哥哥！我根本沒有哥哥！」我走上前，警察卻對我白眼。

「你說你被軟禁了十多年，那衣服呢？你的衣服怎麼辦？」

「我、我……」我低頭一看，身上穿著的確跟我9歲那年一模一樣，只是變大件了，跟我的身形一樣。

「一定是那個變態！幫我每天換上同樣的衣服，記得嗎？我每天都被下藥昏迷耶！」

「我們發現你的證供有很大疑點，首先，資料庫完全沒有你失蹤的記錄。如果你真的失蹤那麼多年，父母應該會來報案吧？」

「我……我……不可能的！」

「再說，你是怎樣逃出來的？」警察盤起雙手，一副盤問疑犯的語調。

「早上醒來，我看見房門前放著一個蛋糕，慶祝我27歲的生日蛋糕。我吃完後卻完全沒有睡意，我心想，應該是房間主人忘了放藥了。大約數個小時後，我聽見門外有腳步聲，我馬上躺在床上裝睡靜待著。接著房門打開了，我聽見房間主人收拾蛋糕碟子和刀叉的碰撞聲，接著，腳步聲慢慢離開房間了。

「有一年，我試過偷偷把刀叉藏起來，但房間主人會將整個房間都翻轉一遍找出來，所以這次我不想打草驚蛇。我眼睛睜開一條縫偷看，房間主人確信我在睡覺，他忘了把房門關上，就離開去準備晚餐，所以我就趁著這個機會逃出來了。」

「所以……這麼多年來，你完全沒看過綁架你的人的樣貌嗎？」

「沒有。」

「警察先生，軒仔這三天離家出走，我們一家人都很擔心他，你就別再嚇他了……」

男人把簽好的文件交出去，那一定是亂簽的文件，我一定要想辦法揭發他。

「等等！如果你真的是我哥哥，那你說啊！我讀哪一間小學？」我指著男人。

男人錯愕，警察眼睛瞟向那男人。

嘿嘿！露出馬腳了吧！

不料，男人嘴角上揚，流露出憐憫的眼神：「當然知道啊！你讀的是啟智小學，就在我們家樓下，校服是深藍色的，回想起你穿校服的樣子，髮型像個小南瓜一樣，真的很可愛！」

「呃……那不可能……」我感到難以置信，眼前這個男人竟熟知我的一切。

「喂喂喂！別鬧了，有什麼事回家再說，這裡是警察局咧！」警察斥罵。

「對不起，我們走了。」

男人鞠躬，一手抓住我的手臂離開。

「來，我們回家吧！」

一輛計程車早已停在警局門外等候，男人在我耳邊輕聲的說：「你早上的蛋糕還沒吃完呢！」

我倒抽了一口涼氣，這、這個男人就是綁架我的人！

我想強行掙扎離開，但男人掏出一塊手帕摀住我的口鼻，我不慎吸到強烈嗆鼻的藥水味，意識瞬間變得模糊，最後在車上昏倒過去。

再次睜開眼，我馬上彈跳起來，環視一周，發現已身處在熟悉的房間內……

差一點就能逃出去了，我不能接受直到死為止都要待在這個房間，連一秒也不想待下去！

「我不要！求求你放過我好嗎？繼續待在這裡，我會瘋掉的！」我跪在地上崩潰的大哭。

「可以啊……」門外傳來那男人的聲音。

「真的嗎？你會放過我？」

「當然，因為你的『刑期』到了，所以我才沒在蛋糕下藥，本來想好好跟你談一下，但你卻偷跑了。」

「我……」

「離開之前，你要先回答我一個問題。」

「儘管問，我什麼都會告訴你！」

「我放你離開之後，你想幹嘛？」
「我想回家！我想見我的父母！」
「你們關係好嗎？」
「他們很疼我……」
「那你會努力做人嗎？」
「會！我會好好珍惜每一天！」
「很好。」

接著，外面沒有聲音了……

「那是怎樣？」我呆愣在原地，剛才我的回答哪裡有錯嗎？

我退後幾步，再助跑大力踹向房門，但房門卻絲毫不動。

「再試一次！我要出去！」

我再踹向房門，腳踝因反作用力劇痛，但我還是一拐一拐的退後，準備下一次衝擊。

突然「碰！」的一聲，在我旁邊有東西從天花板上掉下來，懸吊在半空。

我駭然看過去，是一個吊頸自殺的男孩！

「啊啊啊啊啊啊！」

我嚇得跌坐在地，雙腳猛蹬遠離吊頸的男孩。

「接下來，只要你上去吊頸，就能自由了。」

「你在說什麼？你不是要放我走嗎？」

「對啊！你吊頸，我就放你走。」

我嚇得雙腳乏力，還尿了出來。

「我不想死……我不想死……」

「嗯！我知道，你剛才就回答過了。」

「求你放過我吧！我願意做任何事……」

「嘿！那就去吊頸啊！」

我的精神已到達極限，或許這個男人說得對，我死了就能自由了……

我無意識的站起來，慢慢走近房間中央，將那已經吊頸死去的男孩放下來，他還比我幸福呢！這麼年輕就能死去，我卻在這房間裡困了大半生。

將男孩放在床上後，我搬了一張椅子到房間中央站上去，將已經霉掉的麻繩圈在頸上。接著奮力將椅子踢開，雙腳踏空，身體大幅晃動，脖頸被牢牢勒住，完全無法呼吸，張大嘴巴也只能發出像溺水後咳嗽般的聲音。

「你一定忘了吧？賓館消除了你的記憶。」門外又傳來男人的聲音。

我不明白他在說什麼，只知道現在很痛苦，希望能盡快失去意識死去。

「你破壞了賓館的規矩。」男人繼續自顧自說，我感覺到眼球快要充血爆開。

「那年，你9歲，離家出走來到我的賓館。我嗅到不對勁的氣味，所以告誡你不要在我的賓館自殺，可是你不聽我說話……」

「我……我？」我瞄向床上的男孩，他身上的衣服跟我穿的一模一樣。

「你9歲自殺，要在這裡待十八年才能離開。」

「啵！」的一聲，某樣東西在眼窩深處爆開，眼前景物被瞬間染成血紅。

我看著躺在地上的那張椅子，就算蹬起腳尖也搆不到。

我不想死！我不想死！我不想死！

我想活下去！給我一個機會，我想活下去！

「你答應過我，你會珍惜性命的。」

男人打開門，繩子頓時斷開，我從半空掉到地上。頸上的麻繩鬆開，我伸出舌頭想吸入更多氧氣。我磨擦著因血液閉塞而麻痺的雙手，才發現……

我變回小孩了！

＊＊＊＊＊＊＊＊

賓館能實現房客的任何願望。相對的，入住的房客也必須遵守賓館的規矩。

譬如說，不能自殺……

因為我的祖父就是在賓館裡自殺死的。

若房客犯下規矩，就會被困在地下室內，刑期由賓館本身裁定。這個叫吳凱軒的男孩，是個非常有前途的年輕人，才9歲就來賓館自殺，所以他必須困在這裡十八年。

那就是說……

我要照顧這個小屁孩十八年啊！

拜訪各位來入住的房客，真的不要再犯規了！地下室還有其他房客住著，有些連我也不知道他犯了什麼規矩，從我繼承賓館那天開始，就已經住在地下室了。

我問過父親，他也說從他繼承那天就看見他了，每次經過他的房間，我都不禁在想，到底他犯了什麼規矩啊！

總而言之，一切操作都要在房間裡運行……

然而今天是小屁孩刑滿的大喜日子，但他卻竟然趁機逃跑了，害我要親自去警察局接他回家，真是一萬個幹也形容不了現在的心情啊！

刑滿了，我叫小屁孩再重新上吊，他便變回了自殺當天還是9歲的他。

「幹你！要我照顧你那麼久！」我衝上前摑了一臉錯愕的小屁孩一巴掌。

「嗚……好痛！」小屁孩吃痛哭了起來。

小屁孩一邊大哭，形象慢慢變得模糊，最後整個消失。我鼻孔噴氣離開房間，冰箱好像還留著他沒吃完的蛋糕，嗯！就用它來當宵夜吧！

那麼，接下來的事情就交給你了，十八年前的我！

（以下由十八年前的老闆轉述）

大家好，我是十八年前的老闆，現在由我來為大家報導小屁孩的情況吧！

他在房間裡囚禁了十八年，我會一直照顧他的起居飲食，當他刑期滿了，便會返回十八年前自殺當天，賓館會給他一個重新選擇的機會……

我從房間外打開一條門縫偷偷看著，小屁孩從梳妝臺處搬來一張椅子站上去，雙手握著綁好用來上吊自殺的麻繩。他猶豫了一會兒，原來一臉沮喪、彷彿世界末日的他，突然像有什麼東西從腦袋裡爆炸一樣，頭一晃，眼睛瞪大，就呆住了。

我知道，這是他在這裡囚禁了十八年的記憶返回他現實的腦海裡，小屁孩全身顫抖，眼淚像洪水氾濫般流下，甚至滴落在地毯上。

幹，我的地毯啊……

接著，小屁孩哭到一整臉都是眼淚鼻涕，還好像被嗆到了般不停咳嗽，從椅子上失去平衡掉下來。坐在地上的他，應該已經放棄自殺了，我開門進去，他發現我的存在，便問我：

「我……在這裡住了多久？」

小屁孩還在摸索自己的身體，難以置信自己變回小孩。

「一個小時，但現在就算你退房，也要收一天的房租喔！」

「一個小時？」

「嗯。」

地下室的房間跟其他樓層的房間一樣，都是用不盡的，而且時間流動的模式也跟外界不一樣。但我也不太清楚實際是如何操作，不然我就會興建一棟充滿穿比基尼美女服務生的豪華酒店，而不是殘舊的賓館了！

「不想自殺了吧？」

「我想回家……」

「你可以為生存做任何事，甚至吊頸，卻因為小事而自殺，真是白痴！」

「我知道錯了！我只是……想讓母親後悔才自殺……」

「喔？」

「她每天只會逼我念書補習，還說如果不考好大學，不如死了算了，留在世上也不會有好日子過。我為了成為她眼中的乖孩子，真的真的很努力去念書，放學就是去補習，漸漸的，我成為了老師眼中的好學生。也沒有同學想跟我做朋友……

「同學們開始排擠我，每次體育課都沒有同學想跟我一組，結果每次都跟老師一起，被同學冷眼嘲笑。」

「所以你用自己的性命去威脅父母？」我挖著鼻孔。

「我想要讓他們知道，這樣做是錯誤的。」

「所以，你贏了什麼嗎？」

「蛤？」

「我說，你用性命換來的勝利，有什麼用？我要去哪裡頒獎給你嗎？」

「我知道錯了……」小屁孩左右手互相交替擦著臉，但淚水還是一直流下來。

我托起小屁孩的下巴，看著那深啡色的勒痕。

「回家後在父母面前展示這東西，他們就會冷靜下來乖乖跟你談了。不過你要記住！別用死來威脅父母！」

「知道了……」

我帶著嗦嗦鼻子的小屁孩來到賓館門口，目送著他離開。外面很冷，小屁孩縮起肩膀，我想他這刻最掛念的，是家裡的溫暖吧！

此時，小屁孩突然回頭問：「那麼，警察為何會讓我離開，你們串通好的嗎？」

「警察？唔……大概是因為他們都是我的房客，我曾經幫助過他吧！在這個社會，『人情』比什麼東西都值錢。」

小屁孩懵懂的踢著腳步離開，我返回賓館拿出帳冊，從房客資料找到小屁孩的名字，雖然這是未來才會發生的事，但帳冊仍會記錄著事情的始末。

原來他刑滿的那天竟然逃跑了，要我親自去接他，真是難搞的小屁孩。

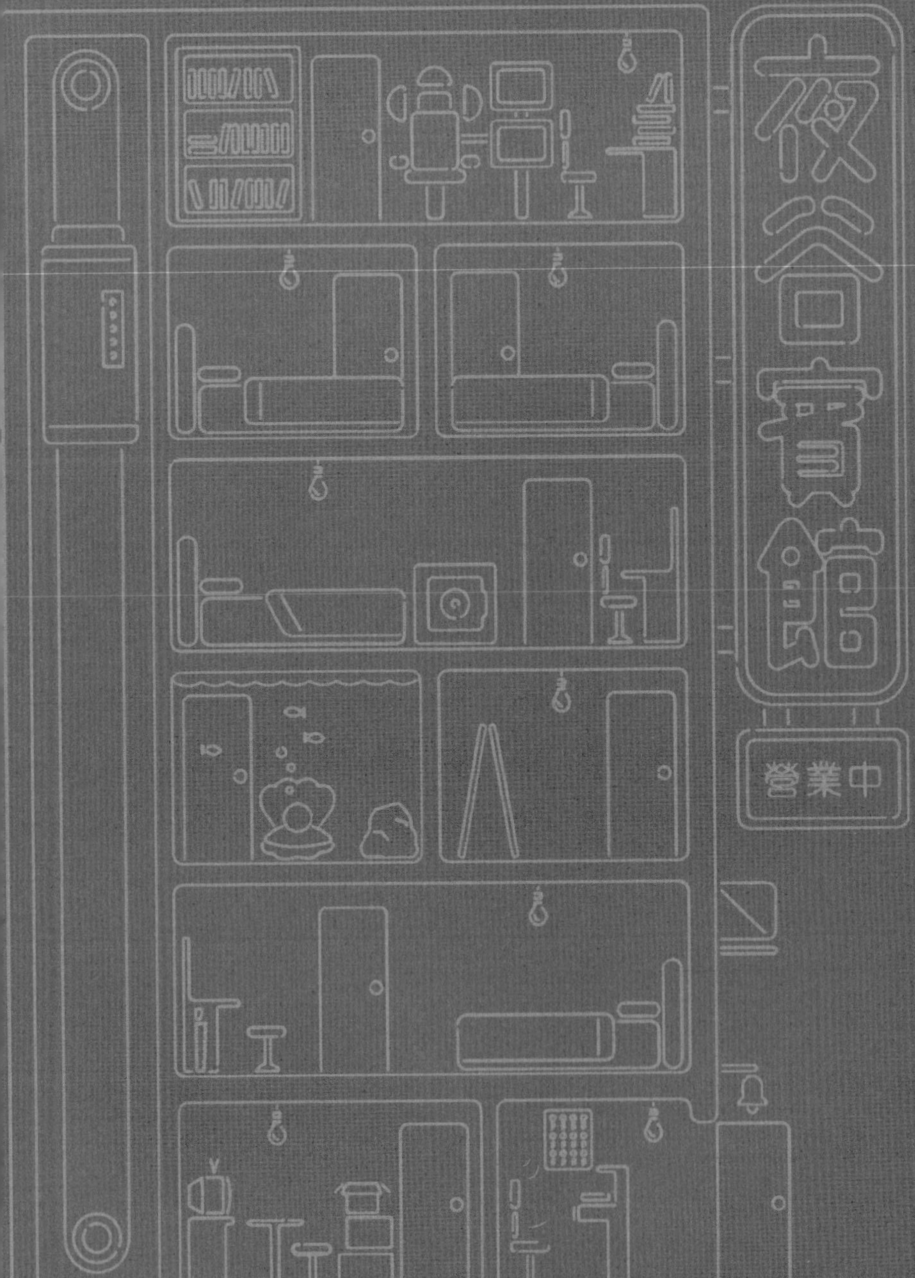

夜谷賓館
營業中

第四章　禿男

禿男把冰棒送給男孩，
男孩高興的接下，
小心翼翼的把包裝拆開，
如吃山珍般品嚐著。

天氣有點冷，我返回賓館打開暖爐，整個空間馬上瀰漫著溫暖的熱氣，突然，眼前的景色忽亮忽暗，我抬頭一看，發現是賓館大廳的吊燈燈泡壞了，閃個不停。

「不可能的……」我走進儲物室拿出梯子，小心翼翼爬上去將燈泡拆下來端詳。

我用衣服擦一擦燈泡上的接頭，再嘗試裝回去，但結果還是一樣，看來燈泡確確實實的報銷了。

夜谷賓館已屹立在這裡上百年，但我一直都認為，在年代更久遠的時間，夜谷賓館的「某東西」已經活存著，像是靈魂、神明、精神之類的東西，才會使賓館擁有神奇的力量。

從我繼承賓館的第一天起，雖然每天都疲於奔命的為賓館打掃，但賓館的任何物品都像擁有不死之身似的，像是那走起來吱吱作響的樓梯，它從沒有壞掉過；那部運作起來像老人在哀嚎的電梯，從來沒有失靈。

燈泡也是一樣，全間賓館的燈泡從來沒有壞過……

這次燈泡報銷，在別人眼中可能只是小事，但我看來有點不太對勁。

突然間，我聽見下面傳來一陣咳嗽聲，低頭一看，一個頭頂半禿的男人在櫃檯前等待著。

我先把燈泡收起來，走到櫃檯面前：「幾位？住幾晚？」

「聽說這賓館可以幫人完成任何委託，是真的嗎？」

「嗯！前提是你要是這裡的房客。」

「咦？有入住要求嗎？」禿男揚起眉毛，樣子滑稽。

「那你要問問這賓館，看看它是否讓你入住。」

我聳聳背，記得曾經有個連賓館也討厭他的人，我當時怎麼找也找不到空房鑰匙給他。

「那……我住一星期，這裡是一倍的租金，行吧？」

我打開抽屜，裡面有房間鑰匙，我隨便拿出404號房給他。

「那我可以說我的願望了吧？我想要錢！」禿男很直接的說。

「我把房租的一半退給你。」

「不！我要很多很多錢！」

「你去找302號房的商人吧！他會用錢買你的祕密。」

「什麼祕密都可以？」

「我哪知道，你去問他吧！」

「好！」

禿男等不及搭電梯，直接從樓梯跑上去。老舊的樓梯發出響亮的腳步聲。

二十分鐘後，禿男又跑下來，鼻孔撐大看著我：「你耍我嗎？」

「怎麼了？」

「他說我的祕密不值錢！」

「那就是你的祕密不值錢吧！」

「怎麼可能！我將人生中所有祕密都告訴他了，是祕密的梭哈！Show Hand！懂嗎？」

「你等等……」

我打電話給祕密商人，細問之下，他說禿男幾乎把「貪婪」兩個字都刻在額頭了，試問這樣的人，他偷公司的資產、搶走競爭公司的客戶、騙老人家的保險金……這些事有什麼特別的呢？就像一個被警察拘捕的殺人犯說，他的祕密就是殺了人，那算什麼祕密啊！

我沉思了一下，便跟禿男說：「如果你不介意冒險的話，可以試試找501號房的精神科醫師。」

「你當我神經病嗎？我想要錢！有什麼不對？」禿男勃然大怒。

「不！他是個超級有錢的精神科醫師，需要找很多自願者做心理實驗，還會支付可觀的酬金。這樣好了，我陪你一起上去吧！」

「好、好吧……」

我為了看熱鬧，陪同禿男到501號房，我敲敲房間，聽見裡面傳出：「進來吧！」

我一打開房門，便看見房間裡都鋪滿書籍和手抄筆記，醫師坐在桌前忙個不停，房間的所有家具都搬到一旁，騰出空間擺放他的高科技儀器。

「噢！來得正好，我正需要自願者呢！」醫師很高興的拍手。

「你、你想怎麼樣？」禿男有點退縮。

「我想進行一個思想實驗，內容是當人處於完全無聊的狀態，是不是會瘋掉？」

「完全無聊？」

「對！只要你戴上這個頭盔，就會將你的意識抽出至一個虛無的空間，在這個意識空間，你什麼都不能做，你不會感到饑餓，也不會累，只能靜靜等待時間流逝。當然了，意識空間沒有時鐘、沒有日曆，你不會知道時間過了多久，但期限一到我就會放你出來。實驗期限是一年，酬金五百萬元！」

「一年？也太久了吧？」

「放心，一年只是在意識空間，但現實世界中，只大約花一星期。」

「……」

禿男眼神茫然，咬著手指頭快要咬到指甲破裂。

「呵……」我打了個臭臭的呵欠：「怎麼樣，別浪費我時間。沒膽又想要賺錢的話，不如乖乖回房洗個澡，我幫你接客。嘿嘿！不過，也許跟你的祕密一樣不值錢。」我發出嘲諷的笑聲。

「閉嘴！我願意做這個實驗！」禿男像是下定了決心。

醫師聽見大喜，在一旁拍手，我也在一旁吹口哨。

「進來吧！請脫光衣服躺在床上。」醫師緩緩的說。

禿男錯愕，醫師拍拍他的肩膀：「放心，我只對你的精神有興趣。」

看來這裡沒我的事了，這一整個星期禿男都會睡在醫師房間，也就是說，在不浪費房間的情況下收房租，再加上我每介紹一個房客給醫師或祕密商人，便能賺到佣金，真是太好了。

我欣喜的返回櫃檯，趁著時間還早，我去了附近的電器行。這裡的老闆跟我父親是好朋友，聽說也是賓館的房客，還記得我小時候，父親在賓館工作，我便會來這裡看電視，老闆總是請我吃雪糕、喝可樂。

現在到處都是大型的連鎖電器行，這間老店店內囤積了一大堆賣不出去的貨。

「我想修理這個。」我拿出報銷的燈泡。

「你意思是想換個新的吧？」電器行老闆拿著燈泡一看：「這……這燈泡的型號很多年前就停產了，現在不可能找到新的，你還是整個燈座換掉吧！」

「不行！」我斬釘截鐵說著。

「那不如試試看別的燈泡吧？應該可以放進去的。」

「不要，我一定要修理這個。」

「燈泡只有換新的，哪有人會修理燈泡啊！」老闆皺眉。

「賓館不能換新的。」

老闆對我沒輒，他只好戴上老花眼鏡，湊近燈泡仔細一看，然後搖搖頭：「燈芯壽命用盡了，沒辦法。」

「換燈芯可以嗎？」

老闆欲言又止，眼神變得深邃：「我記起來了……幾十年前，那時候還是你父親經營賓館，我幾乎每個月都會去你們家的賓館。」

「我爸說，你每次都會帶不同的女人去。」我補充。

「這不是重點啦！我曾經提議過幫你父親換掉賓館的冷氣，但他打死也不換。他說……換了新的，夜谷賓館就不再是夜谷賓館了。」

「什麼意思？」

「換了燈芯，這顆燈泡就不是原來的燈泡了，就像人換了其他靈魂，還算是那個人嗎？」

電器行老闆給了我幾個新的燈泡叫我回去試換一下，但每次我把新的燈泡放進去時，燈泡都會在發出一陣強光後瞬間爆開，看來它只能接受原來的燈泡。

一星期後，禿男的精神實驗結束了，他在櫃檯交還房匙時，滄桑得彷彿老了10歲，但臉上卻掛著詭異的笑容。

「這一年過得怎麼樣？」我問。

「錢……我有錢了……」禿男整個人都散發出瀕臨瘋狂的氣息，像隨時都會撐破的氣球一樣。

不過，不要在我這裡爆開就好了，我實在懶得打掃。

沒想到幾天後，禿男又再次來訪，這次他像個洩氣氣球一樣，一眼便知道錢已經花光了。

我聽說過即使窮人賭博贏了一大筆錢，也不會變成有錢人，因為他們不懂得如何管理財富，但禿男比較像壓抑太久，所以走火入魔。

「我想要錢，快給我做實驗！這次我要在裡面住十年！」

「嘩！這麼拚！」

「我撐得過去的！我要錢！」

可惜，醫師說同樣的實驗不需要做兩次，住十年、住一百年也沒有意思。

禿男聽見後，歇斯底里的狂扯剩下不多的頭髮。

「你這麼愛財，卻不愛自己的頭髮嗎？」

「我想要錢啊啊啊啊！」

「到底你要這麼多錢，要買什麼？」

「我想買……想買小時候的……機甲俠模型……」禿男跪在地上抽泣。

「原來現在模型這麼貴啊？如果我不經營賓館的話，就去開模型店好了！」

「不！那天離開賓館回家我就已經買了。我興致勃勃的拿回家，一件一件的把它組合起來，但……我一點都不快樂……」禿男說。

「我明白了，我帶你到一個地方。」

「去哪？」

「一個我閒時很喜歡待著的地方。」我頓了一下：「不過我也沒這麼閒啦！管理賓館很辛苦的。」我側著脖頸捶打肩膀。

「少廢話了，帶我去！」

「那裡要付雙倍房租喔！」我提醒。

禿男隨著我走進辦公室，我打開零食櫃，東挑西選，拿出一堆零食、汽水棒在懷裡。

「你要來一點嗎？」我。

「不、不了，謝謝。」禿男。

「唉……帳冊用不完，房間用不完，為何零食櫃不能有這個功能呢？」

「喂！我們到底要去哪？」禿男催促著。

「別急嘛！我又不是女生，你急著進房間幹嘛。」

禿男不停磨擦雙掌，宛如在產房外期待新生命誕生的父親一樣。突然間，他像是發現了什麼東西：「這個我小時候很喜歡吃！」

「這個嗎？」我循著禿男的手指方向一看，原來是果汁冰棒，我拿了一條給他。

接著，我們來到賓館的其中一個房間，那是最頂層的尾房506號房。我一般都不會出租這個房間。因為在祖父經營賓館的年代，賓館有聘請過員工，祖父總是窩在506號房間裡偷懶，或偷聽隔壁房間情侶交歡的聲音。

此外，房間的布置跟其他房不一樣，有並列一整排、霸占整片牆壁的書架，比較像是祖父的專屬書房。後來，父親繼承了賓館，把書架換成唱片，還是一樣整天窩在裡面聽外國唱片，可是賓館開始入不敷出，付不起錢聘請員工，父親只好找來最好使喚又省錢的員工。

那個員工就是我……

然而，父親去世後，房間就一直沒有改動過，就連他放在梳妝臺旁茶几上的水杯都原封不動，我也發現了這個房間神奇的力量。或許正因為房間的力量，父親才這麼喜歡待在房間裡。

「你先進去。」我拿出鑰匙打開506號房的房門，禿男先走進去，我再隨後。

我深呼吸一口氣，房間內彷彿仍殘留著父親的藥膏味。

「現在怎麼了？」

「等一會兒啦！」

突然間，房間就像被巨人握在手中搖晃般劇烈震盪，唱片架上的唱片全掉下來，燈泡被震破，牆上的畫也掉到地上，天花板的灰塵像暴雨般掉落。

禿男嚇得雙手抱頭瑟縮在地上，我手上的零食也鋪滿灰塵。震盪逐漸減弱，房間內散落一地的東西開始重新組合、拼湊，塑造出另一個房間。

房間比起父親的房間更單調，以四個字來形容的話，就是「家徒四壁」。

「這、這是……」禿男站起來，走前去東摸摸西摸摸。

「很懷念吧！」

「我小時候的房間，怎麼會這樣？」

此時，一個矮小的身影從床底下鑽了出來，那是童年版的禿男。那時候的他頭髮很多，瀏海平平的在眉上，戴著圓圓的眼鏡，在鏡片下的眸子變得更圓更大。

男孩看見兩個陌生的男人，表情呆若木雞。

「噗！哈哈哈哈哈！」我禁不住指著他捧腹大笑：「你在 Cosplay 大雄嗎？哆啦A夢……哆啦A夢……胖虎打我！嗚……哈哈！笑死人了！」

「你給我閉嘴！」禿男耳朵泛紅。

「我想，你不能快樂的原因就在這裡。」

男孩與禿男對視，要是他知道自己的未來會禿頭，一定很沮喪吧！

男孩指著禿男手上已經半融掉的冰棒。

「給你。」禿男把冰棒送給男孩，男孩高興的接下，小心翼翼的把包裝拆開，如吃山珍般品嚐著。

「真有這麼好吃嗎？」禿男搔搔頭：「那只是便宜貨，來，我請你吃好料的！」

禿男撥了通電話，叫了一盤最高級的活魚刺身、波士頓龍蝦、魚子醬、A5和牛，還有法式甜品。外賣放在房門外，禿男像推銷員一樣將食物並列在男孩面前，逐一介紹，害我像氾濫一樣不停分泌唾液。男孩先嚐了一口魚子醬，臉色瞬間變白，半秒就把它吐了出來。

「試試這個，我現在很愛吃的。」禿男撕下一隻龍蝦螯給男孩，可是男孩覺得很腥。

最後，男孩還是鍾情於手上的冰棒，果汁流得滿手都是，他珍而重之的舔著。

「呼！這個是冒牌貨！」禿男擦拭額上的汗下定結論。

「你似乎還不明白呢！」

「不明白什麼？」

「這個 Cosplay 大雄是貨真價實的你，只是你變了。雖然現在的你有能力去買自己喜歡的東西，但是，你卻變成了自己不喜歡的人。」

「我不喜歡的人？」禿男。

「你真的喜歡吃龍蝦和魚子醬嗎？還只是因為它的價格才喜歡？」

「我當然喜歡！我愛吃極了！」

「你現在過的，真是自己嚮往的生活嗎？還只是別人口中『成功』的人生？」

「他只是個什麼都不懂的小孩，當然喜歡吃這種廉價又沒營養的冰棒，他又沒過過上等人的生活！小時候的我，幾乎每晚都勒緊褲帶睡覺，他怎麼會懂？他什麼都不懂！」

「可是，他至少懂得何謂快樂。」

「小孩哪會懂錢的重要性啊！」

「在大人眼中就只有數字，用考試分數來衡量一個小孩，用薪水衡量是否有前途，用房子的價格衡量一個人是否成功。但是，他們都不懂得何謂快樂。」

我頓了一下，想起父親跟我說過的話：「不懂得快樂，就追尋不了幸福。不信的話，你現在叫人把模型送過來，Cosplay 大雄一定會樂翻天，這輩子都會記住今天，甚至改變他的人生！」

「怎麼可能！」

「不信的話，你想想人生中發生過令你感覺到幸福的事，有多影響你的人生吧！」

禿男整個人像靈魂出竅，回憶自己的一生。

「我媽媽在我生日的時候……曾經送我一個超人模型，可是……它的顏色跟原版不同，樣子像是被輻射汙染一樣，但是我喜歡得不得了！後來，我知道媽媽因為太窮，根本買不起玩具，那個超人模型是從垃圾場撿回來的。她晚上的工作就是垃圾清潔工……，所以我到現在，很討厭別人隨地亂丟垃圾，將地方弄髒。」

「所以你現在有錢，也買不到快樂。」

「我為了賺更多錢，為了過更好的生活，不停工作，忙得焦頭爛額。拒絕了所有朋友的邀約，也失去了青春，整個人生都塞滿了金錢，卻一點都不快樂……」禿男淚流滿面，樣貌變得比之前更醜了。

我看看手錶：「還有十五分鐘你就要退房了，剩下來這段時間，你們好好談一下吧！或許你會找到想追求的快樂。」

我離開506號房，讓禿男和 Cosplay 大雄好好聊一聊。

十五分鐘後，禿男離開房間。這間房只能讓進入房間的人看到「過去」，並不能改變歷史，所以這次我不用擔心收不到房租。

「怎樣？」

「我想，我知道自己想要什麼了。」禿男篤定。

「是嗎？說來聽聽。」

「我想談戀愛！」禿男握拳，信心滿滿。

「我看你還是買模型好了……」

禿男滿意的退了房，付了比雙倍更多的房租。

他離開後，我想起來是時候打掃二樓了。

夜貓館
營業中

第五章　透明女生

你有沒有曾經想過，
自己根本不應該出生，
對於活在世上完全沒有歸屬感，
對人類也很陌生？

我走樓梯到達二樓，突然有一道空氣牆壁擋在面前，我整個人被撞開了。

「啊！我的鼻子！」牆壁發出慘叫聲。

「你是……」

「嗨！老闆你好，我是你202號的房客啊！」

「喔？真的成功了嗎？」

「是！」

說起202號房客，要形容她的話，唔……嗯……是個負能量核子武器吧！她來這間賓館入住的當晚，只背著一個小背包，全身只穿上單薄的連身裙，頭低低的垂下，任由長髮遮蓋著視線。最要命的是，我當時正在打瞌睡，她一邊發出抽泣聲，一邊像鬼魂般飄進賓館來到我前面。

「大膽妖孽！」頓時我被嚇得睡意全消。

我記起那個不要臉的作家入住賓館後，因為不夠錢付房租，很不要臉的把他的親筆簽名小說送給我，說那可以幫賓館驅鬼。

「《阿公講鬼》，邪靈去去走！」我把書砸出去。

「哎呀！好痛！」

她摸著被砸中的額頭，露出臉孔，才知道她不是邪靈。可是，她也不是那種會令男生想上前關懷的女生，而且滿臉都是眼淚鼻涕，讓人不禁皺眉。她戴著款式老土的眼鏡，五官很小，輪廓也不突出，頭髮乾枯沒有光澤，與美女的特質大相逕庭。

「你來幹嘛？」

「我想租房。」四眼妹。

「我警告你，別想在我的賓館自殺！我才不要每天餵你吃飯，超噁心！」我鼻孔噴氣。

「餵飯？」

「總而言之，別自殺！也別想在這裡賣春，我單是幻想你躺在床上就覺得噁心！」

我惡言相向，是希望把她趕走，以她散發出來的負能量粒子，一定會自殺！但沒想到，她聽到我的超傷害人身攻擊竟然沒有動怒，也沒有馬上哭出來。

就像是惡言穿透過她的身體一樣，對她絲毫沒有影響。

「我沒有打算自殺，我只是想消失。」

「消、消失？」

「我想從這個世界上消失！」四眼妹眼神的堅定，透過眼鏡傳到我心坎裡。

「那就是死吧？別跟我玩文字遊戲！」

「不！我不想死。我還要照顧父母，還、還有……」

四眼妹把眼鏡摘下來擦拭：「我也有意中人，我想偶爾看到他的臉。」

電影裡的醜女摘下眼鏡都會變美女，但是四眼妹是個例外。

「你以為自己是AV的透明人嗎？」

「透明！對了！我想變透明！你真厲害！」

我打開抽屜，看來房間鑰匙還有剩，代表賓館接受她入住，只要是房客的願望，我都會幫她完成。

「我幫你吧！這是你的房間。」我拿出202號房的鑰匙。

她有禮的鞠躬後，便從樓梯走上二樓了。我打開帳冊，在電話簿尋找「藥廠」的號碼，再致電給他們。藥廠老闆認為這世上的藥已經夠多了，感冒藥、止痛藥、避孕藥……應有盡有，用藥治不好的病，就代表那個病不能靠吃藥來治好。

所以，藥廠老闆就開始研發其他古靈精怪的藥，他說有特色的藥廠才能創造一片天，所有人都知道自己吃什麼藥，但卻不會記得是哪家藥廠出品的。

即使那種藥很有效，也只會歸功於醫師的醫術高明。

說穿了，就是貪慕虛榮。

不過藥廠的確偶有佳品，例如他們研發了一種藥，只要吃一粒就能令癮君子戒斷毒癮。但是這種藥有個小小的副作用，就是這種藥的藥性過強。簡單而言，這是一款吃一顆就能 High

一輩子的毒品。

還有一種藥，能令男人的陽具變成隨意肌肉，可以隨心所欲的硬起來，又能隨時變軟。不過如此男性神藥還是出現了問題，雖然藥的效果很好，但吃過這種藥的男顧客都喊著要退貨，因為他們與女伴的感情出現了問題。女伴知道男友吃了這種藥能說硬就硬，於是她們就覺得你軟了就代表不想繼續，那就代表不愛我了。

然而，藥廠研發的所有藥物都沒有解藥，所以這些男友只好繼續當一條硬漢子。

「嗨！是夜谷的老闆喔！你竟然會找我，難道我吃了老闆會打電話來的藥嗎？」藥廠老闆是個話很多的中年男人，跟他談話的技巧是長話短說。

「我想要令人變透明的藥。」

「透明？你想要有多透？」

「有分別嗎？」

「當然有啊！你可以透到只看見內臟和骨骼，要透到只剩白骨也可以。有個客人就是吃了這種藥，偷偷潛入女子中學當生物課的教材，閒時跑去更衣室偷看女生換衣服。」

「唔……她應該是要全透明的。」

「是要殺人滅口嗎？」

「咦？」

「有客人買了全透明的藥，偷偷餵給她的老公吃，再將他毒啞，最後把老公丟到某個落後的國家，到現在都沒人找到他。」

「她想要自己吃。」

「為什麼這麼看不開？」

「我怎麼知道。」

「那好吧，我請快遞送過去給你。」

被藥廠這麼問起，我也很想知道，為什麼一個人會想把自己變透明，於是，我便沿著樓梯走上二樓。來到房間門外，我就聽見有類似怪獸在磨牙的聲音，直到四眼妹一打開門，才知道原來她在練小提琴。

上帝真的很殘忍，她已經不漂亮了，怎麼可以連音樂天分都沒有呢？

「抱歉，有吵到你嗎？」

「不是，我只想告訴你，藥廠說可以讓你變成透明，之後就沒有人可以再見到你了。不過我要先警告你，這種藥的效力是永久性的，而且沒有解藥。也就是說，你將會永遠消失在這個世界上，到死去那天，都只能孤獨的死去。」

四眼妹呆愣了一會兒，眨了一眨眼睛。

「老闆你人真好！」

「什麼？」

「你一直警告我，是希望我不要吃這種藥吧？」

四眼妹深呼吸一口氣：「不過我已經決定了。」

「我可以知道為什麼你要這樣做嗎？」我問。

「其實本來我真的想要自殺一了百了，但是，我很想回公司看看結局。」

「結局？」

「是的，我想看看自己死後的結局。」

「你的意思是想要假死，看看其他人有什麼反應吧？」

四眼妹連連點頭，她再次眨眼，眼淚從眼眶奪出，沿著臉頰滑下。

「犧牲自己來報復別人，那是最蠢的行為。」我想起被我軟禁的男孩，又說：「透明藥幾天後就會送來了，為了避免你變透明後跑了我不知道，不如聊聊你的故事吧？」

「我小時候，母親經常說做事只要肯努力，不怕吃虧，終有一日會成功。」

「我母親也說過類似的話，別人口中的壞人，往往是最努力的人。普通人和壞人的分別是，壞人會欺負所有人，普通人會欺負善良的人。總之，如果你是又善良又努力的人，所有人都會欺負你，也會說你是壞人。」

「你的母親會說出這種一針見血的話嗎？」

「是的，很多事情她都能一眼看穿，不過她在我父親死去不久就失蹤了。」

我很少跟其他人提起這件事，但不知怎的，四眼妹讓我很安心的說出自己的事。也許是因為我打從心底覺得四眼妹對世界完全無害，就像紮根在海底的多孔動物。

多孔動物一直被誤以為是植物，因為牠的外型像頂端開洞、小孔代替釘刺的仙人掌。但科學家經過研究，發現牠們雖然沒有神經系統、消化及循環系統，卻擁有基本的動物特徵。

牠們只靠海水流動時透進小孔吸食微生物，再從頂端的洞排出海水，就像海水過濾器一樣。

四眼妹不知道如何接話，我示意她繼續說要變透明的夢想之旅。

「母親的話我一直銘記於心，在工作上從來不會拒絕同事們的要求，就算是低微的工作，我也願意去做，雖然忙得透不過氣，但也不敢有半句怨言。

「有一次，我病得頭昏眼花，即使發著高燒也咬緊牙關上班。不慎忘了同事交代我做的事，我馬上向同事道歉，卻被說：『裝什麼裝，你一開始拒絕就沒事了，我又沒有逼你。』

「接著，流言就充斥著整間公司，所有矛頭都直指向我。每天上班，我雙眼都只敢緊緊盯著電腦螢幕，只因為想避開同事們的眼神。每天早上踏進辦公室，我便會壓力大到難以呼吸，幾乎窒息。」

「夠了，善良與懦弱只有一線之隔，你明顯就是後者。」

「我、我怕拒絕了，同事會討厭我。」

「可是你知道嗎？現在有一個人很討厭你。」

「誰？」

「你自己！」

四眼妹張大嘴巴，做出被人揍了肚子一拳的表情，我繼續說：「小時候要當個乖孩子，長大要學習做個善良的壞人。」

「善良的壞人？那是什麼意思！」

「有一種善良，是要對自己善良，讓所有人知道你的底線。可是你現在是任由別人越過去，然後你才跟別人說：『哎喲！你侵犯了我的底線！』那有個屁用啊！別人只會覺得你耍他，別再用『善良』兩個字來當擋箭牌了，你知道什麼叫真正的寬容嗎？」我越說越起勁。

四眼妹搖搖頭。

「要貼切比喻的話，就像大雄被胖虎欺負後，向哆啦A夢拿空氣炮，用它對準著胖虎的額頭，然後說：『他媽的我原諒你，我們繼續當朋友吧！』」

四眼妹良久也說不出話來，像是腦袋當掉要重新開機一樣。

「大概事情我都知道了，那到底你為什麼要變透明?跟同事們有什麼關係?我懂了!你想變透明去殺光他們？」我問。

四眼妹噗嗤一聲笑了出來，很快的表情又恢復平淡：「老闆，你有沒有曾經想過，自己根本不應該生下來，對於活在世上完全沒有歸屬感，對人類也很陌生？」

「有時候我動怒得理智斷線時，會想過要毀滅全世界，或是彈一彈手指就讓半數生物死亡。」我邊說邊啪響手指。

「哈哈，我跟老闆你的思維完全不同耶!也許我真的不是地球人也說不定。」四眼妹一邊笑一邊用手指挖走眼角的淚水。

「早說嘛，我可以叫外星人接走你。我認識一個住在天狼星的房客，他到地球旅行時住我這裡，他或許可以幫你偷渡。」關於天狼星人，他是個有趣的房客，不過那又是另一個故事了。

「不！我說過了，我不想自殺，也不想離開地球，因為這裡有我愛的人，我只想消失。」四眼妹很堅定，卻又很矛盾。

我已不記得當時的對話是如何結束的，幾天後，藥廠把透明藥送來了，我送到四眼妹的房間。這次她在房間裡靜靜的看書，真是越看越像多孔動物。

「喔！送來了嗎？謝謝。」四眼妹早就把錢準備好放在桌上。

「隨便享用，藥廠也打電話來教我用了。你要先用繃帶包裹著自己，不要有漏縫，不然當身體變透明時，會吸收周圍的物質顏色，你就成了變色龍了。完全變透明需要三天時間，中途會有強烈的嘔吐感，但這是正常的。」

其實藥廠沒有打電話來，他們只是把使用說明寄給我，但我看完之後就把它收起來了。

「知道了。」四眼妹平淡的回答。

就這樣，三天之後，我在走廊撞到四眼妹，她已經是個完全透明的人了。

「嗨！老闆，我是你202號的房客啊！」

「喔？真的成功了嗎？」

「是！」

「你……現在有穿衣服吧？」

「沒有，衣服不能變透明。」

「噢，噁心！」

「哈哈！我把房租放在床頭了，那麼……再見。」

「嗯！再見。」

不知是四眼妹沉默不語還是已經離開了，總而言之，她消失了。我走到她的房間把房租收起來，她把所有行李都收拾好放在房間裡，因為她不能攜帶任何行李。就像人離世時一樣，財富、地位、人際關係……一切都不能帶走。

我一直追問她為何要消失，但有些時候，做某些決定是不需要任何合理理由的。

最近幾乎每個月都有學生承受不住壓力自殺的新聞，我們剛開始對此感到震驚不已，然而看到後來麻木了，只會說：「這個月第X宗了！誇張！」學生自殺，彷彿漸漸變成一個數字。

任何問題都有解決辦法，自殺解決不了問題。但他們選擇結束自己生命，不一定需要合理理由。

我們應該在問題發生前，去避免它的發生，而不是等到問題出現、壓力爆炸後，才假惺惺的說「加油」。

不過，嘿嘿嘿！

「再見」了，四眼妹。

好好享受這段消失的日子吧！

四眼妹消失後的隔天，一位中年婦人來到我的賓館。

「小姐，你來得正好，我們有男妓提供喔！」

「不是，我想找我的女兒！我知道她來這裡了！」

「……」

雖然我無法直接詢問婦人：「你女兒是不是有點醜、戴眼鏡，沒有音樂天分的那個？」但聽婦人的描述，四眼妹果然就是她的女兒，我帶她到四眼妹的房間，說她去遠行了。沒想到的是，婦人看到四眼妹的小提琴就馬上痛哭起來。

「喂喂！你喝醉了嗎？那又不是你的女兒！」

「她去遠行也沒有帶這個小提琴，其實我早就知道，她根本就不喜歡拉小提琴。」

「但她住在這裡也有拉喔！」

「從她小時候第一次學小提琴時，我就一直對她說：『加油！你拉得真好！』不論她做任何事，我都會鼓勵她，但從來沒問過她喜不喜歡。我早就該知道，她只是因為我喜歡才一直堅持下去。」

真合乎四眼妹的個性呢！

「我母親會說，別拖拖拉拉，放棄吧！但要是下定決心，哪怕是神佛要阻止你，也要叫他們滾蛋。」

「……」婦人。

「其實父母作為孩子的最後防線，更應該對他們說：『加油，但不加油也沒關係。』」

「我的女兒，她不會再回來吧？」

「不！她雖然是多孔動物，但堅決要留在地球上生活。」

婦人似乎聽不懂我在說什麼，我叫她住下來，別再上演家庭悲劇了，她果然聽我的話，住在女兒的202號房裡。

一星期後，四眼妹像大怒神一樣，踏著沉重的腳步衝進賓館。

「啊啊！啊啊！啊啊啊！」四眼妹像抓狂的野獸一樣，雙手捂住胸部向我咆哮。

「哈哈！你很有精神呢！」

「我……我為什麼會恢復正常了？」

「你嘔吐了吧？」我看見四眼妹嘴角殘留著黃黃綠綠的嘔吐物。

「對！」

「其實藥廠送了兩種藥過來，一種是防止嘔吐的胃藥，另一種是透明藥。使用說明書註明因為藥力太強，一定要先吃胃藥再吃透明藥，否則嘔吐後透明效果就會消失。」

「你……你沒有給我胃藥！」

「我把它丟了。」

「什麼！」

「你告訴我，這幾天你做了什麼？」

「我變透明後，就馬上回到公司，果然不出我所料，同事們對我完全沒有半點留戀，只會說我懶惰不負責任。過了一天、兩天，同事們漸漸意識到我不會再出現，才依依不捨的從我桌子拿走原來是他們的工作。

「他們看不到我，我也終於能聽到『只在我背後說』的流言。離開公司沒事可做的我，享受著在人群裡自由自在的生活，不用顧慮別人的目光，在圖書館看一整天的書，在咖啡店發呆，跑上天臺看天空看整個下午。然後！就在剛才！我、我、我……跑去看……看他了……」

「意思是你的意中人吧？」

「是的，但不知道為什麼，突然胃裡一陣翻滾，就算用雙手封住嘴巴也阻止不了！像崩堤一樣吐得滿身都是！他、他、他……也許是嗅到奇怪的味道，所以四處張望，突然他的視線落在我身上，我才發現自己現身了！」

「你……你……先聽我解釋……」我被四眼妹雙手勒住舉起到半空。

「我不能嫁人了啦！嗚嗚！」四眼妹掩住臉。

「咳咳咳！你先冷靜點，難道你沒照鏡子嗎？」

「我知道，你又想說我不是美女，所以別痴心妄想了是吧？」

「你自己都沒發現嗎？」

我打開抽屜，拿出平常用來放在後樓梯偷看裙下春光的小鏡子，展示在四眼妹面前：「看清楚！你笑起來時很漂亮啊！」

「我？笑？」

「你沒發現，是因為你從來都不笑。」

「那……」四眼妹看著鏡中的自己，彷彿看著整容空前大成功後的自己一樣。

「關於透明藥的事，我是不想你後悔啦！這幾天你終於不用介意別人怎樣看待你，真正的做自己了。但你沒發現嗎？去看書、喝咖啡、看天空，這些都是普通不過的事，為什麼要等到透明才做？難道你有裸體癖好嗎？」

「才不是！」

「可是你現在還真坦蕩蕩呢！」我摸著下巴奸笑。

四眼妹似乎忘記自己處於裸體狀態，馬上用雙手掩住胸部和下體，就在這個時候，一道身影從樓梯處飛撲向四眼妹。

「媽！你怎麼會在這裡？」四眼妹。

「我就知道你會回來，所以叫她暫住在這裡。」我。

兩人相擁而泣，四眼妹不斷向母親道歉，但母親一直搖頭說什麼都不要緊，只要你快樂就行了。

很多人都知道自己該追求什麼，賺大錢、買房子、買跑車……卻不懂什麼是快樂，更別說要追求幸福了。

母女退房後，其中一位長期房客就回來了，他是一位在公立醫院工作的醫師。

夜之寶館
營業中

第六章 兩個身體的醫師

隔天早上，
老闆拿著一個大型包裹來到我的房間。
他將包裹放在房間中央，
再用美工刀小心翼翼的將包裝割開……

「嗨！下班了吧？」

「嗯……我要來一點……純的……」

「已經放在你房間了。」

「謝謝。」

他是個重度癮君子，不過我聽完他的故事後，認為這是「必須」的，紋身不代表是壞人，吸毒也可以是個好醫師。

一個房子裡，兩個女人，一個男人。男的陷入萬劫不復的絕望，雙手緊緊抱著頭顱，彷彿只要一放手，腦袋就會破殼而出一樣。

「你選！在我們兩個之間選一個！」翠鈴。

「……」我。

「我叫你選啊！」翠鈴。

有什麼事情比起擁有一個你很愛她、她也很愛你的女朋友更好？

就是擁有兩個！

我一直都這樣認為，但是我錯了……

有兩個女朋友一點也不幸福，尤其當她們同時站在你面前，需要你二選一的時候。

距離期限還有三天，我必須在她們兩個之間選一個，然後把另一個殺死。

她們兩個都是我最愛的女人，也與我經歷了許多風風雨雨。

要殺死自己心愛的女人，並不是一件容易的事。

更難的是，你要從兩個一模一樣的東西選擇一個！

如今站在我面前的，兩個都是翠鈴。

這不是比喻，也不是孿生姊妹，她們是一模一樣的人！

「意外」是這樣發生的，大家知道什麼是「黑科技」嗎？這可不是指最新款的摺疊螢幕手機，或是什麼新型的跑車。

相信大家有聽過美國的51區吧？在這區域內的軍事科技，相信比起外界人們認識的科技先進十五到二十年。

試想，把現在的手機帶到十五年前仍未有智慧型手機的年代，你的手機就是黑科技了。

某些黑科技先進得超乎人們的想像，就像把科幻電影帶到現實般，但因為這些科技會為世界帶來巨大的衝擊，所以仍未能夠普及。

我叫曼森，是一位腦科醫師，我的女朋友是一位護理師，我們相識已經很多年了，但一直沒有結婚，是因為工作忙得不可開交，已沒有餘力為其他事情費心了。

某一次，我們要去美國參加一場關乎到職業生涯的重要研討會，但就在去機場的途中，遇上了交通意外，通往機場的道路完全被癱瘓。

當時我就像電影裡的情節一樣，從車窗望出去，看著本來要乘坐去美國的飛機直衝上天際，變成一顆白點，消失在烏雲密布的天空中。

飛往美國的飛機要十六個小時，也就是說，我還有十六個小時去思考解決辦法。

當然了，以現有的科技而言，沒有任何交通工具比飛機更快，但是……聽說有一間賓館，那裡擁有神奇的力量，可以實現任何人的願望。

「老闆，你給我聽清楚！我不想殺人，也不想叫雞，我只想去美國！立即就要去！」
「那我幫你訂機票啊！」
「不！我要立即到美國。」

就這樣，老闆給了我一張名片，我照著名片上的地址去到一間辦公室。

「想去哪？幾人？」
「兩個！去美國！請問……你們公司的飛機要飛多久？」
「美國的話，大約三分鐘吧！」
「這麼快？」

他們要求我辦理出國手續，流程就跟一般去外國辦理簽證差不多。
接著，我和翠鈴來到一個很大的房間，有一排外形像巨型子彈的儀器在運作，工作人員叫我們各自進去儀器內。

翠鈴從小就有密室恐懼症，所以她躊躇了很久也不敢進去。我端視著儀器內部，空間剛好足夠容納一個人，裡面什麼都沒有，地板上有一條像是可以敞開暗門的細縫。

「不好意思，可以跟我們說明一下，讓她比較安心嗎？」

「我們會把你們的粒子分解後，以光線傳送到你們想要到達的目的地，也就是我們建立在美國的辦公室，之後再將你們的粒子重組。」工作人員。

「那就是傳說中的瞬間轉移技術嗎？」

「也沒有傳說中啦……」

他們說，如果這技術推出市面，所有航空公司都會倒閉，所以他們只能偷偷的做生意，一趟轉移旅程的票價是飛機票的50倍。

我極力安慰著翠鈴，她終於願意踏進儀器了，我和她各自走進儀器內。

「那麼，等會兒見。」

我向翠鈴揮手，她勉強的擠出微笑。

儀器關上門後，頂部突然發射出一道強光，光線猛的幾乎把我整個人都壓垮。感覺只像是一眨眼之間，眼前的白光消失了，我慢慢睜開眼睛，儀器的門打開，我和翠鈴已經置身在美國了。

我們真的只花幾分鐘就來到了美國，研討會也很順利的進行，由於不急著回家，我們在當地搭飛機回程。

令我感到訝異的是，我明明沒有搭飛機去美國，機場卻有我的入境航班資料，也許是那間瞬間轉移公司，跟某些航空公司暗地裡合作吧！

兩天後，我和翠鈴返回家中，真正恐怖的事情發生了！

一打開家門，另一個翠鈴出現在家裡……

站在我身旁的翠鈴嚇得幾乎暈倒，而莫名其妙出現在我家的翠鈴也非常驚訝。

根據家中翠鈴所説，那天傳送的時候因為太害怕，她擅自將儀器的門打開，強光四射，那裡的工作人員被強光照到暈倒。

而她不知道該怎麼辦，只好獨自返回家中。

「你是說……傳送失敗，所以你回家了？」

翠鈴點頭。

但怎樣解釋為何會有另一個翠鈴跟我一起在美國出現呢？

隔天，我收到那間瞬間轉移公司的電話，他們要我過去和他們洽談解決方案。員工先向我萬分致歉，他說那次傳送的確出了一些問題，也請求我要替他們在這件事上保密。

我答應不會把這件事說出去，他便把「傳送」的祕密告訴我……

原來那種技術根本不是傳送，因為要將人體分解成粒子再重組，實在太複雜了。但是，「複製」就相對簡單得多，所以那間公司是將粒子複製，令我可以一瞬間在另一個地方出現。

「你的意思是，此時此刻坐在這裡的我，只是一個複製品？」我難以置信。

「是的，但請你不用擔心，你的身體和記憶都會百分之百複製。」

「那麼……原本的我呢？」

「我們會『處理』掉。」

我想起儀器底部的那道暗門，原本的我應該就是掉到裡面被「處理」掉的吧？

「你們公司不能普及化，根本跟航空公司無關，而是道德問題，對吧？」

「是的，很抱歉。我們為了挽救這次的失誤，必須將你的女朋友『回收』。」

「翠鈴……哪一個？」

「至於要回收哪一個，可以由你決定！」員工不負責任的說。

「你們打算殺了她？」我明知故問。

「儀器的暗門下，是一個強力高溫箱，能夠把掉下去的東西在一秒之內化成灰燼。」員工補充。

我單是想像到將有密室恐懼症的翠鈴再次推進儀器內行刑，心臟便絞痛得像被人用手捏住一樣。

「我怎麼可能把心愛的人帶在這裡送死？」我說話時嘴唇禁不住顫抖。

「這瓶藥水是三唑侖、氟硝西泮和γ-羥基丁酸混合成的麻醉藥，跟市面俗稱『乖乖水』的迷暈藥一樣，無色無味，你可以放在她的食物或飲料上，然後安心的把她送來，我們會確保在她昏迷期間進行『回收』，令她毫無痛苦的離開。」

真不愧是不能見光的公司。員工若無其事的把一小瓶透明的藥水遞給我，口吻像教烹飪節目的主持人一樣，加一點這個就能美味無窮。

「這不是手法問題！翠鈴是我心愛的女人！」

「要是客人你確定不了，我們只好派人上門隨便回收一個，過程中難免會引起不必要的傷害。」

對談結束後，我精神恍惚的離開了瞬間轉移公司。此刻的天空萬里無雲，只有一片無邊際的淺藍，我感受熾熱的太陽從頭頂上方散發下來的溫度。我對於這感受並不陌生，然而我只是個被複製出來的「我」，嚴格來說，是初次感受到太陽的溫暖。

雖然對家中突然多了一個翠鈴的事真相大白，但情況卻陷入了兩難。若要我私自妄下判斷哪一個該死，再偷偷下迷暈藥讓公司回收，我就變得像殺人凶手一樣，所以我決定跟她們兩人坦白，這是我唯一能做到的事。

回家途中，我思考了很多，在這個擁有75億人口的星球上，我們都在追求獨特性，想成為獨一無二的存在。傳說世界上總能找到七個外表一模一樣的人存在，但也只能說是相似度極高，而不是同一個人。心靈是唯一判斷「我是否為我」的準則，10歲的我與30歲的我，還有80歲的我，雖然外表和性格都截然不同，但卻是同一個人。因為心靈相連性的關係，經歷與見解都會使一個人改變，但我還是我。

如果不是的話，今天的我為何要為將來的我而努力？也不用為以前的我做過的事而懺悔吧？

打開家門，兩個翠鈴各自坐得遠遠的，她們同時間轉過頭來看著我。

「怎麼樣？」翠鈴。

「冷靜點，坐下來，我慢慢解釋。」我嘆一口氣，頭顱像被灌滿石頭般，連好好說出完整句子都沒辦法。

眼前的翠鈴，她們不論外表、聲線、性格、記憶、心靈相連性都一模一樣。就連認識她多年的我也無法分辨，眼前兩人唯一的差別，就是複製版的翠鈴多了一段與我到訪美國會議的記憶。

我才剛把目前的困境說出來，兩人馬上以女性獨有的毒辣語言互相攻擊，我連好好說話的機會都沒有。

「你們可以冷靜點聽我說嗎？我正在思考更好的解決辦法。唉！我寧可傳送失誤的人是我。」

「等等，傳送失誤是什麼意思？」翠鈴。

我把瞬間傳送的真相告訴她們，其實只是複製技術再將舊有的客人殺死。

「那麼說，你……」其中一個翠鈴全身顫抖。

「是的，當我在美國出現的瞬間，真正的我已經死了。」我苦笑。

那個詢問我的翠鈴聽見後，淚水滿溢而滑落，我正想上前抱著她，她本能反應的縮起肩膀。

「對、對不起……」我退後兩步。

此刻我能夠分辨誰才是原本的翠鈴了。原本的我，前一刻才跟她彼此揮手說「等會兒見」，下一刻卻被殺死。只有原本的翠鈴，才擁有從公司逃離的驚恐，只有她才會感受到那份傷感。對她而言，那個已經死去的我才是真正的我，現在的我只是個複製品，她因此而對我感到警戒。

雖然「複製出來的翠鈴應該被回收」看似很合理，然而，現在的我又有什麼資格說這種話呢？

「我決定了，我要保護你們兩個！」

「兩個？」翠鈴互相對視，然後看著我。

瞬間轉移的員工說，我必須在三日內交出一個翠鈴，也就是說，我有三天時間思考出解決辦法。

「我們去夜谷賓館。」

因為時間不多，我們三人決定馬上開車去夜谷賓館。再說，我也不想去面對跟哪一個翠鈴睡覺才正確的問題。

「是你說要立即飛到美國，現在來怪我囉？」我把事情的始末娓娓道來，但老闆的反應非常冷淡，一整個不想負責的樣子。

「我只是希望你幫我想出一個解決辦法，我不想翠鈴被殺死……」我頓了一頓：「任何一個都不想！」

老闆說，想要實現願望，就得先入住成為賓館的房客。

「可以！立即給我一間房，我多少房租都願意付！」

「不是有錢就了不起，賓館不一定有空房給你住。」

「那你快幫我查查看還有沒有房間！」我心急得心臟都快燒起來了。

只見老闆雙手合十，閉上眼睛，眉頭緊鎖，口裡唸唸有詞：「拜託，不要讓他們入住！我不想麻煩！拜託！」

我看著眼前這一幕，納悶得發出咋舌聲。然後，老闆雙掌拍響，大喝一聲打開抽屜，我便看見一堆房間的鑰匙。

「這是空房吧？」我指著那些鑰匙。

「可惡！」老闆一臉忿恨，拿出一把鑰匙砸在櫃檯上。

「我是房客了，快幫我想想辦法！」我立馬收起鑰匙，免得他會反悔。

「那很簡單啊！再複製一個你就行了，對吧？」老闆指著我。

「再複製一個我？」

「對啊！二對二剛剛好，偶爾還可以來個換妻派對。」

「但你介紹的那間公司，他們硬要回收翠鈴。」

「別再怪罪到我頭上了，總而言之，我會盡力幫你實現願望，這是賓館的規定。」

老闆打開帳冊翻閱，奇怪的是他一直翻頁也翻不到最後，彷彿這本帳冊的頁數是無限似的。

「有了！」老闆興奮的大叫，用脖子和肩膀夾住電話。

老闆的手指指著一個電話號碼，名字寫著「木偶師」。

電話接通了，老闆連招呼都沒有打，就直接說：「我要一份外賣，女性，約30歲……什麼？不是拿來用的啦！下體不用造得這麼精細！我又不是撿屍魔人，血量照平常的就好！就這樣吧！」

掛掉電話後，老闆把他的手機遞給我。

「我要她的裸照。」老闆。

「什麼！」我嚇了一跳，兩個翠鈴也雙手捂住胸前。

「這是木偶師的要求，我又不是要她們在這裡脫，你們去房間拍吧！每個方位都拍一張，木偶做出來的仿真度才會高！」

「木偶？你到底要幹嘛？」

「趕快拍，別問這麼多。」

迫於無奈之下，我跟翠鈴們返回房間，她們為了該拍誰的裸照而爭辯不下。

「你們就別再吵了，三天後就是『回收』的日子了！我看老闆也不像是壞人，應該沒問題的，乖，好吧？」

她們終於有結論了，其中一個翠鈴拍上半身，另一個拍下半身。我把拍好照片的手機交給老闆。

「噢……身材真好！」老闆看著照片，流露出猥褻的笑容。

「喂！你別再看了！」我裝作要搶他手機。

「好啦好啦！我現在就傳給木偶師，放心。」

隔天早上，老闆拿著一個大型包裹來到我的房間。他將包裹放在房間中央，再用美工刀小心翼翼的將包裝割開，我簡直不能置信眼前所看到的「木偶」。

「那是真的嗎？」

「真？假？指的是什麼？」

「這具是……真的屍體嗎？」

包裹裡的是一具疑似屍體的人形，屍體的樣貌和身材都跟翠鈴一模一樣。老闆用美工刀在翠鈴的手臂上輕輕一劃，翠鈴白皙的皮膚多了一道血痕。

「沒人認領的屍體多的是，再加上木偶師的整形技術，一定能蒙混過去。」老闆。

「那麼你之前說，要多複製出一個我……」

「安啦！這不用拍裸照。我知道你很愛她，但是一皇兩后是行不通的。人們這麼渴望愛情，正因為愛情不容許被其他人介入或取代。儘管換了另一個情人，但每段關係的感覺都是獨一無二的，這就是愛情的珍貴之處。」老闆。

雖然很亂來，但這也許是唯一的辦法了。

本來，我以為這樣就能把事情解決，返回原來的日子了。不過，沒想到的是，在一個月後，我和翠鈴分手了。

而另一個我，卻打算跟翠鈴結婚。

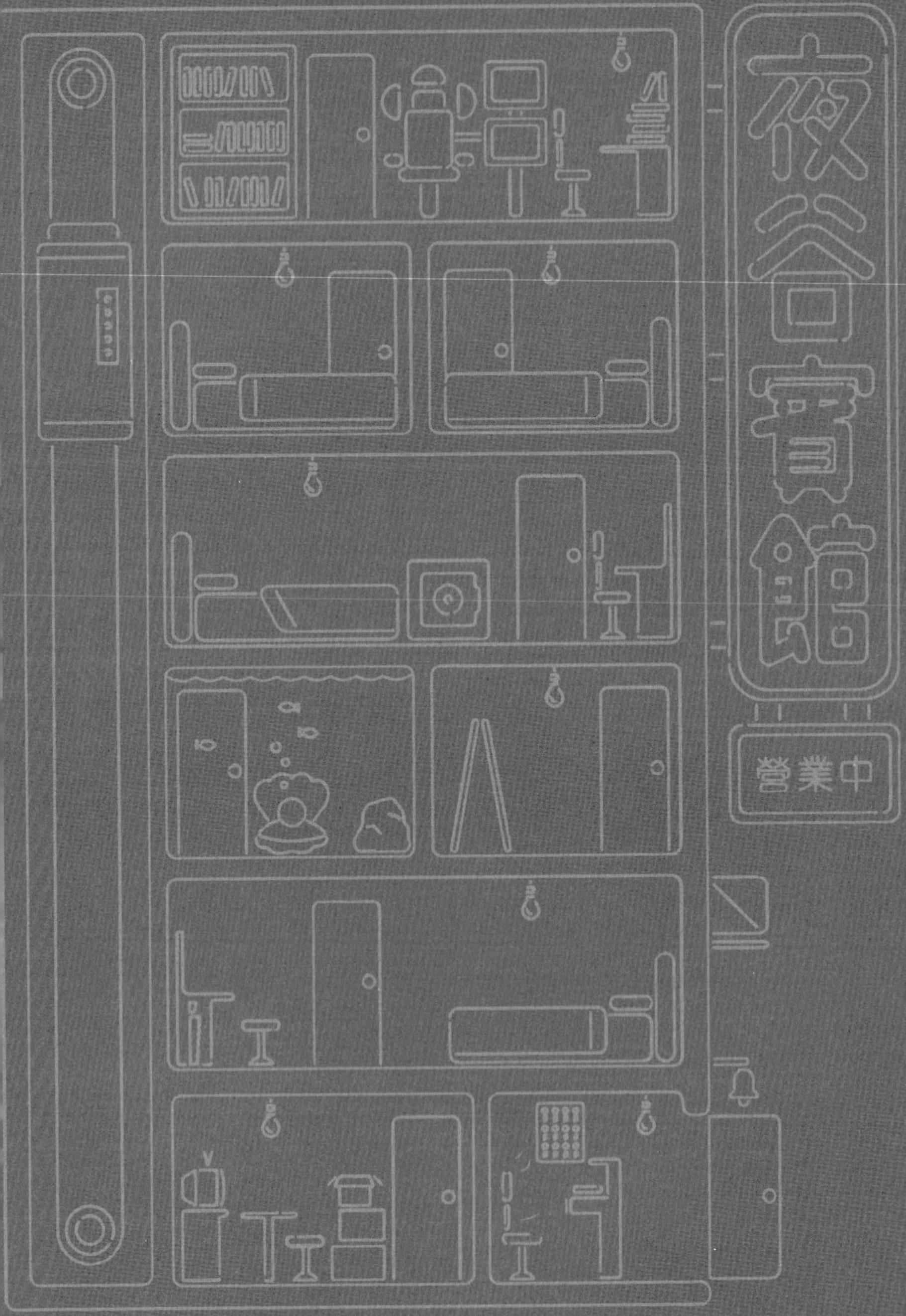
夜谷賓館
營業中

第七章 賓館瘋了

我重重的嘆一口氣，
坐在天臺邊緣，
俯視著勞勞碌碌的人群，
難道夜谷賓館就這樣毀在我的手上嗎？

作為夜谷賓館的老闆，由於請不起員工，我還得做一些僕人才會做的事。而每日最辛勞的工作，莫過於幫房客送餐了。

由於賓館沒有廚師，我只能幫他們叫外賣，他們可以依自己喜好選擇食物。但大家也知道的，房客們千奇百怪，沒一個正常，所以他們要吃的東西也不一樣。

有房客喜歡吃電池，他自稱是從未來坐時光機來這裡拯救世界的機器人，但我一點也看不出來，這麼先進的機器人還要吃電池，真夠遜的。

另一個房客他是被國家放逐的人魚王子，牠只吃海鮮；還有吃年輕處女鮮血的吸血鬼、全身被冤靈附身從古代活到今天的劊子手，他要吃的是符。

單單是準備食物送到各個房間，就像動物園保育員一樣……

說起來，這位名叫曼森的腦外科醫師，每天都只要毒品，是一位非常難搞的長期房客。第一次入住時，他說想要去美國，後來又要我替他複製另一個他，來應付一皇兩后，但是我沒有那間瞬間轉移公司的複製技術，只能找其他方法。

我找了木偶師幫我製作一具跟曼森一樣的屍體。

「咦?老闆你不是說不需要裸照嗎?」

「是的,男人的身體沒什麼差別,差不多就行了,再加上我不想將男人的裸體存在手機裡。」

「你的意思是,手機裡還保存著翠鈴的裸體嗎?」

「不不不!我已經刪除了,請你一定要相信我。」

「可以給我看一下嗎?」

「呃……不行!我的手機是私人物品……」

木偶送來後,我再請了一個走火入魔的道士,他用黑狗血、雞眼珠、老鼠睪丸、加上符咒複製出曼森的靈魂,再附進曼森的木偶裡。這樣就湊成兩皇兩后了,最後以抽籤的方式來決定誰跟誰在一起。我分不清楚哪一個才是原本的,他們四個人也發誓對此事隻字不提,說出來對大家都不好。

他們其中一對決定住在賓館內,另一對則回到原來的住處。住在302號房的祕密商人,想用高價購買「誰是原裝版」這個祕密,但是都被曼森醫師拒絕了。本來以為此事將會告一段落,怎料才過了幾個月,某天,住在家裡的曼森醫師走到櫃檯前對我說:「我想見見曼森。」

我拿出鏡子讓他看個夠，他竟一手撥開我的鏡子。

「我想見的是另一個曼森！」

「你們長得一模一樣，我哪認得出來。他們在401號房，我帶你上去。」

「謝謝。」

我這麼熱心，純粹只想湊湊熱鬧，我穿著拖鞋便帶他上去找另一個曼森，希望接下來發生的事能為這沉悶的一天帶點小樂趣。

原來曼森和翠鈴分手了，每段關係都是獨一無二的，而愛情的致命傷就是拿其他人作「比較」。

導致曼森和翠鈴分手的那一場架，是因為曼森的怒火燒斷了理智線，說出很傷人的話：「說不定當初我選擇另一個翠鈴就好了！」

翠鈴還擊的說：「早知道當初我就不用為你的死而傷心！」

「她是在儀器中逃出，原本的翠鈴吧……」住在賓館的曼森說。

我在旁邊靜靜的聽著，心裡暗下決定將這情報賣給祕密商人大賺一筆。

「沒錯，我也是那刻才知道。」被甩的曼森說。

「我也有一件事想告訴你，我們打算結婚。」賓館曼森說。

「恭喜你們。」被甩曼森硬擠出笑容，與另一個自己握手，被甩曼森的心情掉進了谷底。

他呼了一口濁氣，又說：「其實這次來找你，還有另一件事想請你幫忙。」

「什麼？」賓館曼森。

「我想要你與我輪流上班。」被甩曼森。

「真不愧是醫師！腦袋就是不一樣！」我在門外聽到那一刻，腦海萌生起叫木偶師幫我製作十個自己的衝動。

如果是我，我一定會拒絕，但沒想到賓館曼森一口答應。

「我明白了，這幾天你休息一下，我去上班就好了。」

後來被甩曼森跟我說，現在醫院處於一個極度人手不足、瀕臨崩潰的狀態，已經維持好幾年了。然而儘管如此，這也是一場不能讓它崩潰的戰局，因為一旦失敗了，將會造成多條人命的傷亡。

有人工作的動力是領薪水過日子，但醫師、護理師不行。除了專業知識，還需要極大的耐性、愛心與責任心。試想像一下，雖然領著比一般工作高的薪水，但每天長期進行需高度集中力的手術，只要稍一鬆懈，眼前的病人就會因此而失去性命。

「這幾年啊……我覺得自己像屠夫一樣。」曼森說了一句這樣的話。

沒有嘲諷的語調，他是真的這樣認為，每天對著上百個病人，用手術刀剖開病人的身體。什麼耐性、愛心、責任心……已沒有多餘的心力貫注進去，眼前只是一份不能失敗的工作，壓力使得雙手分寸難移，聚焦眼前的一片紅，分辨出血管脈絡，已費盡了氣力。

「手術成功了。」跟家人如此說道，臉上卻是垮塌下來的表情。

兩個曼森開始展開輪流上班的生活，巨大的壓力使兩人的心智漸漸被侵蝕。

他們再次跑來向我求救，真是麻煩到極點的客人，我把那個走火入魔的道士叫來，他給曼森一個「吸魂壺」的法器。

「使用這個法器，你便能自由控制靈魂在軀體出入，一個身體最多能容納二十四個靈魂。」道士。

起初我不太明白這法器對曼森有什麼幫助，但原來這是曼森的要求。

從那天起，曼森將兩個靈魂同時注入在同一具軀體，然後去上班，而另一具軀體則留在賓館，等他下班回到賓館，便會使用這具軀體來吸毒放鬆，上班的軀體則躺在床上休息。

吸毒也是兩具靈魂共享，一具吸毒專用，另一具上班專用，真不愧是醫師的腦袋，我完全沒想到有這種解決辦法。但諷刺的是，一段日子過後，上班軀體漸漸出現各種疲勞超越上限的毛病，筋骨勞損、精神力下降。

相反的，每天吸毒的身體雖然也出現副作用，但竟比上班軀體還要健康。這就證明，這個社會病得不輕，比起毒品更有侵蝕性。

「算了！看在你是醫師和你老婆的裸體份上，我每隔幾個月叫木偶師提供一具軀體給你吧！算你便宜一點。」

就這樣，曼森的問題基本上就解決了。至於曼森和翠鈴，到底是兩個靈魂同時上，還是玩兩皇一后，就不得而知了。

曼森醫師每天下班都像個毒蟲一樣，說要來點純的，毒品行情比我還要熟，今天也是一樣拖著疲憊的身體回來。

「嗨！下班了嗎？」

「嗯……我要來一點……純的……」曼森精神恍惚。

「已經放在你房間了。」

「謝謝……」

只見曼森站在電梯前良久，我好奇的看過去，他納悶的回望過來。

「這電梯……壞了……」

我慌亂的彈跳起來，坐著的椅子「咚！」一聲翻倒在地。我從櫃檯跑過去，猛按電梯的按鍵，螢幕上也沒有電梯在哪一層的顯示。我湊前耳朵貼在電梯門上，每次運作起來都像巨人要蹂踏賓館般吵人，如今卻完全靜默下來，變成失去心跳聲的巨人一樣。

「不可能的！」我臉色青白。

「這老舊的電梯也該修修了，唉！我住四樓啊！累死人了。」曼森醫師滿口抱怨的走向樓梯返回房間。

帳冊裡有滿滿數百頁的電話號碼，但沒有一個能維修賓館的，因為這賓館所有東西都不曾壞過，連一顆螺絲釘都沒有鬆脫過，更別說電梯整個失靈了。

隔天早上，我馬上找修理工來嘗試修理，一共來了三個修理工，雙手拿著各式各樣的工具，但就算費盡九牛二虎之力，就宛如哄小孩吃藥一樣，電梯門死也不肯打開半條縫。

「讓我來！」其中一名修理工擦一擦額頭上的汗，再拿出儀器探測電梯停在哪個位置。

「怎麼了？」另一名修理工。

「奇怪，這儀器應該壞了吧！」修理工搥打放在地上的探測儀，難以相信一個修理工會像老婆婆拍打電視般，妄想能把它修理好。

結果他們還是無法得知電梯停在哪一層，為了保住修理工的自尊，他們打算以最原始的暴力方法將電梯門整個割開。

「這是油壓切割機，鋸刃混上了鑽石粉，能夠輕鬆切斷任何金屬。」修理工像哆啦A夢介紹道具一樣拿出切割器。

「等等！你想把我這裡毀了嗎？」我連忙阻止，但卻被他一手推開。

「連這殘舊的電梯門都開不了，我還有臉見人嗎？」修理工非常執著自己的專業。

「你們給我住手！不用修了，拿了錢快滾。」

「放心，這電梯門我免費幫你修好它。」

「不是這個問題……」

另外兩個修理工一左一右夾著我的胳臂，將我整個人架起，拿著切割器的修理工露出壞蛋獨有的笑容走向電梯。就在他將切割機向前壓下的瞬間，電梯門突然打開，修理工一時失去平衡，手臂大幅度的揮舞想抓回平衡，怎料被切割機的電線絆倒，整個人連同切割機一起掉進電梯槽內。

「啊啊啊啊啊啊！」電梯槽傳出切割機鋸開骨肉的聲響。其餘兩個修理工一臉訝異，馬上把我丟在地上後上前察看。

「我們現在來救你，你別動！」修理工用手電筒照進電梯槽，身體探前跟下面的修理工說。

突然，上方傳來一陣像是用指甲在黑板上死命刮的刺耳聒噪聲。兩名修理工還來不及回頭，「碰！」一聲巨響，電梯從他們頭頂砸落，兩個修理工都被打了下去。

電梯門關上後，我再也聽不見他們的慘叫聲，彷彿他們都被怪物吞進肚子一樣。

「……」我呆愣的坐在地上，這賓館到底是怎麼回事。

我無法開啟電梯門拯救那幾個可憐的修理工，而且如果我再多請幾個修理工來，恐怕只會淪為電梯的「午餐」。我把修理工遺留下來的工具丟到附近的垃圾車，沒想到我也有毀屍滅跡的時候。返回賓館門外，我抬頭看著黑壓壓的夜空，賓館外牆已非常殘舊，雨後的水跡像藝術塗鴉般布滿牆身，「夜谷賓館」的霓虹燈招牌照亮了整個夜空。

「你沒事吧？別嚇我唷！不過……我知道你一定會沒事的。從祖父那一代至今，你都能屹立不倒，只是些小問題，應該沒事的。」我自我安慰般對著賓館說話。

那晚，我走進父親最喜歡待在裡面的５０６號房，隨便從唱片櫃掏出一張黑膠唱片放進電唱機，坐在父親以前很喜歡坐的單人皮革沙發上。沙發的皮革布滿歲月的裂痕，也失去了彈性，我整個人深深陷了進去。

房間瞬間瀰漫著時代感十足的輕快歌曲，那是Oasis樂團的《Live Forever》，父親每天都在房間重複播放著這張九〇年代的熱門唱片。

當年的我正值反叛期的年齡，總覺得這些歌曲很吵，樂器與歌手都混雜著沙啞的雜音。然而，在這個什麼都追求高解析度的年代，那種時代獨有的聲音，總是令人懷念起從前。

我也曾經以為父親能夠 Live Forever，但他卻在毫無準備的情形之下離開了。雖然我和父親幾乎每次見面都吵架，但我們心裡都知道，對方很愛自己。

不管是一百年還是一萬年，這世上沒有人能在離別時做好準備。

還記得父親離世那天，我……

在父親死去的時候，我在……

咦？不可能的……

不管我怎樣用力回想，也無法記起父親離世那天的情況，我只記得當時在場，看著父親在送往醫院前就被蓋上白布。但腦海中整段有關父親去世時的記憶，就像機密檔案一樣被人用黑筆劃掉那般，清晰的只剩下父親葬禮時的片段了。想著想著，我竟在不知不覺間睡著了。

隔天早上，還沒到起床的時間，我就被外面的騷動吵醒了，我坐起來側耳細聽，走廊外有凌亂的腳步聲，還有人群推撞和對罵聲。我才剛下床就發現了不對勁，腳底一陣冰涼的觸感，房間地板淹水了！我趕緊打開房門一看，整個走廊都被水淹蓋住，水位到達腳踝的位置。

房客紛紛走出房間，突然一個法國人生氣的揪住我的頸領，說了一大堆我聽不懂的法文。我根本不記得有這個房客，看他一身古老的衣著打扮，雙腳還被鎖上腳鐐，應該是祖父年代為了逃過追捕而住下來的逃犯吧！

他的願望使他可以不用離開房間，也沒有變老，卻因這次所有房間淹水才逼得他走出來。

突然間，我聽見法國人身上傳來「嚓！」很清脆的一聲。

法國人雙手依舊牢牢的揪住我，他雙眼睜大，瞳孔快速抖動，正想要回頭看看背後到底發生什麼事，脖頸便出現了一條血紅色的線。紅線慢慢變粗，變成液態流淌下來，染濕了法國人的衣服。

「犯人，斬！」法國人背後傳出沙啞的男人聲線。

法國人頓時失去平衡，身體的重心斜斜倒下，但他已僵硬的雙手仍死命的抓住我，整個人的重量幾乎把我拉扯到地上。我彎下腰想將他的手掙脫開，但他抓得實在太緊，我怎樣都無法將他的手指撬開。

「來，我幫你。」

我還沒意識到事情的發生，一道銀色刀光在我頸前掠過，冷風拂起髮絲，我本能反應的閉上雙眼，拉扯著我的重量忽然一輕，隨即被溫熱的黏稠液體噴灑得滿臉都是。

我抬起頭一看，眼前的男人正端詳著手上形狀古怪的刀。刀刃沒沾上半點血跡，像日本武士刀般細長，卻比一般武士刀短了半截，看起來像把薄薄的鐵片。

這男人是另一位從祖父年代就住下來的房客，中國最後一名劊子手，人稱「死不去的鄧海山」，大概是因為他看見法國人有囚犯腳鐐，職業病發作就將他斬了。

鄧海山因為殺太多人，所以每天都要吃符鎮壓住惡靈。

「喂喂！你這是什麼意思，法國最新時裝嗎？」我指著仍懸吊在我頸領的斷手。

「對，不起。」鄧海山在說話的同時，又一道銀光閃過，隨即有零碎的東西掉落地上。

我低頭一看，原來是法國人的斷指和手掌，仔細一看，所有切口都是斬斷關節，頸椎、手腕、指骨，真不愧是劊子手。

「夠了，這麼厲害怎麼不去馬戲團表演？」我退後幾步。

「哪裡，有應徵？」鄧海山是個完全古板的人，他聽不懂笑話、比喻、嘲諷。

除了鄧海山，其他住五樓的房客也從房間跑出來向我投訴，說他的房間有嚴重的漏水問題，根本沒人理會可憐的法國人。

我怕他們全都被鄧海山順手嚓嚓嚓掉，房租收入就少了一大截，所以我馬上幫他們換房，幸好櫃檯裡有足夠的鑰匙讓他們入住。

費了一番功夫將所有房客都安頓好後，我再次從後樓梯回到五樓視察災情，發現積水已經順著樓梯滑落，開始殃及四樓。我拿了一堆舊毛巾堆疊起來，把水暫時堵住，此時腦海突然閃過唱片櫃的畫面，我慌忙衝進506號房，看見眼前的光景，心臟像被人用力捏住般絞痛。

唱片櫃全被水浸濕了，就算唱片沒有問題，唱片封套也全數報銷了。我還記得前一晚睡覺前有開著電唱機，然而當我走近一看，發現電唱機已經關掉，怎麼按都沒有反應。

「不要不要不要！你不可能壞的，才一點點水而已，你才不會壞掉！」我翻轉電唱機，把裡面的積水倒出來，左邊弄一弄右邊調一下，再重新插電按下開關鍵，它依然沒有任何反應。

「別怕，你等我一下！」我衝進浴室拿出吹風機，希望能把電唱機內的水氣吹乾。差不多十五分鐘後，吹風機都燙得無法用手拿住了，我把唱片放進去，再按下開關鍵，內心很用力的祈求電唱機能恢復正常。

「拜託！」我雙手合十，唱片好像開始轉動了。

我內心大喜，但半秒後，電唱機發出刺耳的滋滋聲，再跳動了幾下，電唱機透氣孔冒出焦黑的濃煙。完全壞了……

燈泡、電梯、電唱機……賓館內的所有東西，就連一根螺絲釘鬆脫，都不可以被修復。

雖然我可以買一部新的電唱機回來，但就如父親所說，哪怕只是換一個小小的零件，一切都變得不一樣了。我從儲物室裡找回我小時候用的小型電唱機，那不是屬於賓館的東西。我換上新電池，發現它還能運作，播放的是周杰倫首張同名專輯《Jay》。

周杰倫在我心中是一個天王巨星，但聽說現在很多年輕人都已經不認識他了。不過再仔細想想，他在二〇〇〇年出道，現在的年輕人不認識他也沒什麼稀奇的吧！正如當年父親心目中的天王是張國榮，我卻覺得張國榮很老土，唱腔也很古怪，髮型更是想不到有適合吐糟的形容詞。

原來一個人長大後，連喜歡的品味都會有所改變。某次看到張國榮的電視專訪重播時，我竟然整個人都深深著迷了。然後，我上網搜尋他所有訪問、演唱會、電影，看了一遍又一遍，如果現在有人說張國榮很老土，我只會笑他沒品味。我說不出喜歡他的真正原因，或許只是因為父親喜歡，我才會想跟他有一點點的共通點。

每個男孩，都會視父親為偶像。長大後，卻會變得極力壓抑這種想法。但是當真正成為大人後，回想過來，當時的自己只是不願承認，想成為像父親一樣的大人罷了。

我拿著小型電唱機回到506號房，從架上掏出一張唱片再放進去，沒想到一按下播放鍵，我的電唱機也慘遭同樣命運，迸出火花後冒煙。

「可惡！給我爭氣點啊！」我拿起電唱機奮力砸在地上，電唱機頓時整個破碎，零件往房間四周飛散。

我全身乏力癱坐在皮革沙發上，水氣令皮革坐起來很不舒服，我調整一下姿勢，縮起膝蓋，讓身體被沙發包裹著。

「給我爭氣點啊……」我無法處理眼前的困窘，父親交給我的賓館，就這樣被不爭氣的兒子一手糟蹋了。

「不准哭！廢渣！垃圾！爭氣點啊！」天花板也漏水了吧！怎麼水會跑到眼睛裡？房間的水氣變得真重，害我整張臉都是水珠，真是可惡。

突然間，發現有一道身影站在門外，我馬上把臉上的水珠擦乾，定睛一看，原來是劊子手鄧海山。

「你站在這裡多久了？」

「在，你扔那東西，的時候吧。」

「原來你有偷窺癖好啊？」

「不，我沒有。」鄧海山很認真的回答。

「來幹嘛？新床睡不慣？」

「我睡，地上，也可以。」

鄧海山走進房間環視一周，用劍尖輕敲四邊的牆，再指向房間深處的天花牆角：

「這裡。」

我循著他的指尖一看，天花板與牆壁的交接處，像那些裝置藝術一樣，有水不斷從天花板上方流下來。難道是天臺滲水了嗎？我馬上離開房間，從樓梯衝上天臺，到達天臺需要通過一道閘門，它任何時候都是鎖著不讓房客上去的。這道閘門沒有鑰匙孔，只有身為賓館老闆的我才能打開門。

一打開門，我五官緊皺，準備要接受撲面而來的暴風雨，然而外面天氣一片晴空萬里，頭頂上還有幾隻鳥兒在空中悠哉的盤旋唱歌。

「到底發生了什麼事……」我低著頭巡視天臺的地板，完全沒有滲水的隙縫。我從天臺邊緣探頭出去，外牆也沒有水管爆裂。

我重重的嘆一口氣，坐在天臺邊緣俯視著街道上勞勞碌碌的人群，難道夜谷賓館就這樣毀在我的手上嗎？

「這麼多年，天空，沒有變，但整個世界，都變了……」突然有人坐在我旁邊，原來是劊子手鄧海山，只見他望望天又看看地，深觸萬分。

「你來幹嘛?要推我下樓嗎?」
「劊子手,只會用刀,斬人。」
「說起來,你住在賓館這麼多年,是時候加租了。」
鄧海山從我祖父年代就入住了,他的租金一直沒有加過,給乞丐都會被嫌:「你現在看不起我嗎?」
「我,先下去了⋯⋯」鄧海山靦腆得耳赤。
「說笑而已,你不要再斬其他房客我已經感恩了。」
「我,跟你說,一個故事。」鄧海山眼神深邃的看著天空。
別這樣嘛拜託,我想一個人靜靜的哭啊⋯⋯
我把以上的話吞回肚裡,免得被鄧海山斬頭,只好靜靜的聽他說故事。

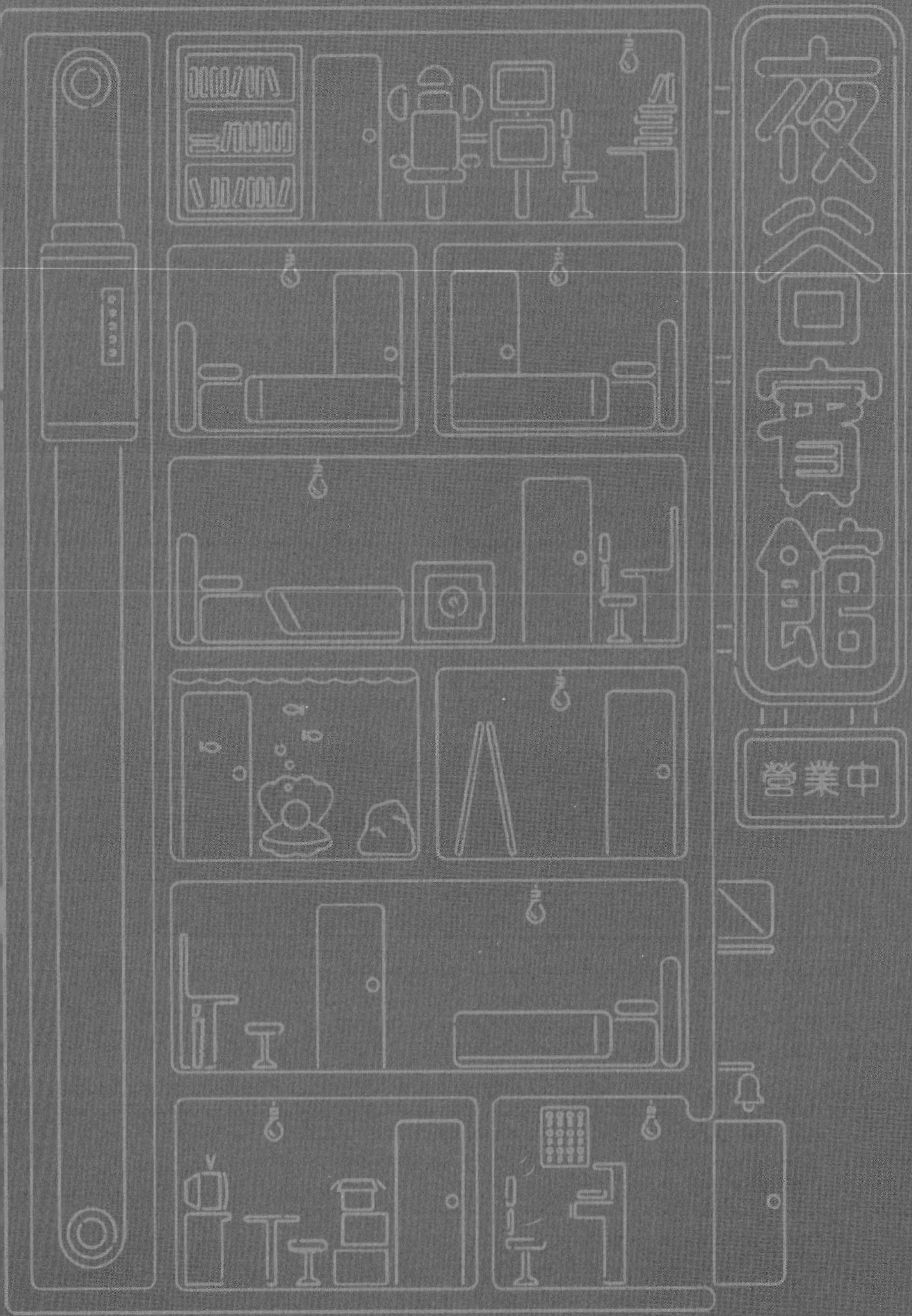
夜谷賓館
營業中

第八章 鄧海山

數年過去了，
城裡的人以為我是瘋子，
所有人都知道阿紫不會回來，
只有我一個人固執的等著。

「你要活命，還是一頓飽飯？」

「兩樣都要！」

那年，師父問了我這個問題。從頭到尾，他都沒把他的名字告訴我。他也不教念書寫字，只教我如何把人頭斬下。

我叫鄧海山，是一名劊子手。那年，我十五歲。

今天，是我一百三十六歲的生日。

「道德，你要嗎？」師父手上的刀，離我脖頸只有數公分。

「能讓我活命的道，我就走；能餵飽我的德，我就信。」我回答。

「很好。」

師父說，劊子手是最仁慈的職業。將犯人的人頭斬下，和殺人不同。我們的責任，是將犯人毫無痛楚的送走。

成為劊子手之前，我是山賊。那個年代，要不餓死山頭，要不淪為山賊。我跟著家人和其他村民，成群結隊搶劫路過的富貴商人，為的不是榮華富貴，我們只想活命。

活命從來都不簡單，商人有的是錢，他們會聘請鏢局守護貨物，鏢局的鏢師擁有特權，只要是在委託期間，即使殺人也不犯法。

山賊，為了活命而搶劫。

鏢師，以正義之名殺人。

那天，一輛商車經過我的村莊，商人與隨行的鏢師下了指令，所有鏢師紛紛拿出武器，見人就殺。兩個鏢師闖入我家，父母用身體擋下了他們的劍。我拚命逃到後山，走了幾天幾夜，終於找到一座破廟，在那裡遇見了師父。

我曾經問過師父，廟的住持在哪？

師父輕描淡寫的說：「斬了。」

我還記得第一次當劊子手的情境，我跟隨師父短短三個月，他什麼都沒教我，某天，他把刀遞給我，叫我去斬犯人。劊子手所用的刀非常特別，比一般的劍更輕更短，刀刃很薄，沒有刀尖，就像是一塊被削薄的長鐵片。

我跟隨師父到達刑場，犯人是一名年輕的女子，穿著全白的囚服，她的樣貌已經記不起來了，因為我當時眼前一片模糊。

我走到她的背後，她一直抬起頭用可憐的眼神望著我，淚水不停滑落，下唇不斷顫抖。

她犯了什麼罪？她真的是犯人嗎？一個柔弱的女生怎麼可能被判斬首之刑？滿腦子的問號堆滿在我腦袋裡。師父叫我別想太多，不然只會苦了自己。

顫抖是會傳染的，眼前女子的顫抖傳染到我的雙手了。

行刑時辰已到，師父一手扯住女子的辮子往前拉，使她白皙的頸背露出，女子尖叫了一聲。我壓抑著顫抖，雙手緊握著刀，高高舉過頭，用盡全身的力量斬下。

我只聽見女子的脖頸發出響亮的聲音，女子咳嗽了幾聲，發出淒厲的叫聲，她的雙手雙腳都被綁住，身體像跳出水面的魚般瘋狂扭動。

我的刀並沒有把她的頭顱斬斷，卡在她的頸椎中間。

「再斬。」師父用力扯著她的頭髮，不讓她掙扎。

我好不容易才把刀拔出來，再斬一下，但她一直亂動，這次斬在她的頭皮上，一大塊頭皮被我削下，我和師父全身都噴滿女子的鮮血。

「再斬。」師父連眼都沒有眨。

女子癱倒在地上抽搐，我大喝一聲再次斬下，這次她的頸只斷了半截。最後，我一共斬了十七刀，才順利將女子的頭斬下，此時她早已死去，血噴得亂七八糟，脖子的傷口早已是爛肉一團。

我跪在原地，整個人出了神，女子的父母走過來痛毆了我一頓，我卻連痛覺都感受不到。

那晚，我和師父回到破廟，我問他什麼都沒教我，為何叫我去斬人。師父說，想讓我理解當一個專業劊子手的重要性。劊子手不是殺人犯，下刀要溫柔而俐落，一刀將犯人的身首分離，滴血不沾刀，減輕犯人的痛楚。

「我做不到！我不要當劊子手！」

「以後的工作，都必須由你來做，我已經不能再斬下犯人的頭了。」

「為什麼？」

「每個劊子手，不能斬超過九十九個人頭，否則罪孽太深，將永不超生，求死也不能。」

人體是由各個關節組合而成，手臂、手腕、骨盆、膝蓋……全部都是關節。原來劊子手的劍打造得這麼薄，是為了可以把人體關節的筋脈斬斷。

自那天起，我開始練習成為一個專業的劊子手。師父買了一大堆冬瓜回來，在頂端畫一條線，要我沿著線把冬瓜一分為二，不能偏差分毫。經過兩個星期的日夜練習，我能夠把一顆冬瓜切成七十八片。然後，師父用破廟的香火點燃之後，要我把頂端的香灰斬斷，但不能把香弄熄滅。除了練習，師父還不知從哪裡找來一副人骨，教我每個關節的位置。

兩個月後，我第二次赴上刑場當劊子手。

烈日當空，我走到犯人身後，這次是一個老男人。熾烈的陽光使我睜不開眼睛，汗水一直從額頭上冒出，一陣熱風吹過，沙塵揚起，我深呼吸一口氣，低頭看一看已經沒有絲毫顫抖的雙手。

距離行刑時間還有五分鐘。

「請問……什麼是惡？」老男人突然開口跟我說話。

「我不清楚。」

「我殺了官的兒子，他強姦我女兒，那到底誰是惡？」

「誰的權大，誰就是正義。老伯你錯，因為你弱。」

「公平嗎？」老伯回頭看著我。

「公平重要的話，今天我要斬的人，就不是你了。」

此時，在旁的官兵指示時辰已到，他開始哽咽起來。

師父一把將老男人的辮子扯前，他緊緊的盯著地面的影子，很快，他的影子將會一分為二。老男人全身僵硬，這樣的話，頸椎骨節會緊緊閉合在一起，無法斬開。

「老伯，你的女兒叫什麼名字？」

「她、她叫……」

老男人還沒說出女兒的名字，就已經人頭落地了。我低頭一看，鮮血沾滿了我的雙手和刀，看來我的實力還沒到家。

某一年冬天特別冷，我和師父一直住在破廟內。廟的頂簷有幾塊瓦片破掉，每天的晨光都會照射到木佛像的臉上，宛如佛祖顯靈。

每天這個時候，師父都會拜拜佛像，他沒叫我拜，我只在旁邊靜靜的看著。師父雙手合十，眼神誠懇的看著佛像。

「有用嗎？」我問。

「年紀大了，就想有個信仰寄託。」

「我爹娘也每天拜神，但他們都被殺死了。」

「當時你們是山賊，他們是鏢師，殺你們不是很正常嗎？」

「那我爹娘是該死？」

「該不該死，不是由我來說。再加上，你爹娘比我幸福得多。」

「為什麼？」

「拜神時能夠把願望寄予給別人，幫身邊的人祈福，是種福氣。你看我兩袖清風，無妻無子，只望晚年平安，連神佛也不屑看我。」

經年累月的風吹雨打，佛像的頸部出現了裂痕，就像被人斬了一刀，而且裂痕越來越深，幾乎快要佛頭落地。我和師父從沒遇過有人來破廟拜神，生活艱苦會求神保佑，但生活在絕境，便會認清這世上根本沒有神佛。所以，寺廟通常建在商人聚集的地方，他們特別信神佛，因為神佛能幫他們賺更多錢。

我已斬了四十四顆人頭，他們有的是窮凶極惡的惡犯，但更多的是窮途末路的平民百姓。做劊子手的收入很不錯，每斬一顆人頭相當於一般工人的一個月薪酬。我幾乎全都拿來買師父的藥，他年紀老邁，百病纏身。

劊子手工作的刑場大多是在荒郊野外，行刑時，官兵會躲在一個犯人看不見的地方，遠遠的觀看著。因為他們迷信，若人枉死，死前一刻與人對視，死後魂魄就會纏著那個人不放。

可笑的是，連判決犯人生死的判官，也不敢站在犯人面前。

劊子手把人頭斬落後，屍首會交回親人手上，如沒人認領則把屍體燒掉，這種髒活當然由我和師父負責處理。

當屍體燃起時，通常會噴發出很臭很臭的黑煙，師父說，一般屍體是不會噴出這種煙的。師父正因為長期吸入這些黑煙，導致咳嗽不斷，甚至時不時吐出黑血。

有一年，國家與敵國發生戰爭，幾乎每天都有人死，城內的屍體堆積如山，那段日子沒人被判罪，因為每個人都有犯罪。

師父因病去世了，我早就說過拜神沒用，我每天待在破廟裡，餓得像蟲一樣捲曲起身子捱過飢餓。當時有一種重新興起的武器「火槍」，在南宋時期我們發明的火箭筒，利用火藥把竹筒裡裝滿的箭彈射出去，但後來火箭筒末落了，也沒人去改良它。

一直到後來，發現外敵紛紛都使用火槍，我們國家才重新開始研發。新興的「火槍」用法是先將火藥灌進細長的鐵管裡，再將鐵彈塞進去，引爆火藥把鐵彈發射出去。聽說「火槍」只要按下扳機，就能貫穿人的身體，連骨頭也能射穿。為了測試並改良火槍用在戰爭上，後來的死刑行刑全都改為使用火槍，劊子手也漸漸絕跡。

某天，我正躲在佛像後睡覺時，突然聽見一陣腳步聲，一名女子走到佛像前參拜。

「上天有眼，求佛祖保佑我爹平安無事。」女子不斷重複同樣的句子，還誠懇的叩頭。

「呵呵……」本來我餓得迷迷糊糊，現在被女子唸經般的聲音弄得完全清醒過來，打了一個大大的哈欠。

女子聽見我的聲音大吃一驚，一臉訝異的看著佛像：「佛祖顯靈？」

「據我所知，奸人也會拜佛祖，還給很多香油錢，你能給佛祖什麼？」我從佛祖後面慢慢走出來。

女子看見我手上的刀，警戒的後退兩步：「山賊？」

「你能給佛祖什麼，又能給山賊什麼？」

「只要我爹沒事，我願意獻上我的命。」

「你的命，不值錢。」

破廟頂簷的洞，陽光剛好透射進來照耀著女子的臉孔，她瘦弱白皙的四肢，跑不快。纖細的手指，揮不動刀，精緻的臉孔，恐怕連小孩也威嚇不了。

但是，我決定幫她。

「你叫什麼名字？」我問。

「阿紫。」

「給我一頓飽飯，我幫你。」

「真的嗎？」

「吃飽才能活命，活命才有希望。」

我跟隨阿紫離開破廟，我什麼行裝都沒有帶走，只帶上我劊子手的刀，師父的刀則放在佛像前。我從頭到尾都沒有拜過神，離開前只拜了師父的墳，他葬在廟後的荒山。

我再也沒有回過破廟，或許在數十年後，會有傳聞說這廟曾有劊子手住過，還斬斷了佛像的頭顱，屍體葬在廟後，陰魂不散。晚上，我們找了個地方生火，阿紫找了老半天才找了一堆細樹根，再用煮沸的溪水泡軟來吃。

「這就是你的飽飯嗎？」我失笑。

「抱……抱歉。」阿紫。

我在大樹旁挖了個淺淺的洞，將細樹根和樹葉一起搗碎再平鋪在裡面，然後躺在火堆旁休息。

太陽冒起，眼前的景物漸漸有了輪廓，趁火仍沒完全熄滅，我走過去洞一看，果然有幾條肥白的蟲被樹汁吸引過來。我一手把蟲抓起，再到昨天阿紫取水的地方釣魚。

阿紫被香氣吸引醒來，訝異的瞪大眼睛，看著用木枝插住的燒魚。

「怎、怎麼……？」

「師父說過，萬物都是互相牽絆的。」我把燒好的魚遞給阿紫。

「真厲害！」

吃飽之後，我們繼續上路，越過一個山頭之後，前方出現了蜿蜒的下山路。阿紫說只要沿著路下山，就會到達她的村莊。

她說再過兩天就是「收成日」，地主會來徵收地租，但年初國家的軍隊才來過，把農作物都沒收作為軍糧了，村民根本交不出租金。

「那為什麼不離開？」

「如果偷偷離開，地主會叫山賊殺了我們。」

「這叫租地嗎？還是養豬？」

「人如豬狗……」

差不多太陽下山時，我們到達阿紫的村莊，這裡只有幾間破屋、被洗劫一空的農地，還有快要餓死的老狗。真是個差勁的養豬場。

隔天中午時分，連老狗都受不住太陽的昏熱，躲在屋簷底下乘涼，地主跟十多人騎著馬，浩浩蕩蕩來到村莊。地主是個贅肉橫生的男人，身形像巨型球體一樣，眼睛很小，唇上有細細的兩束鬍子，笑容相當討人厭。

地主來到阿紫的家門前下馬，馬匹跟主人一樣氣焰囂張，鼻孔呼呼的噴氣，把老狗嚇得夾著尾巴逃走。阿紫緊緊的把家門鎖上，沒有其他村民敢出來迎接。跟隨在地主身後的人，每個都帶著火槍，其中一人擁有一張熟悉的臉孔，思索了半晌，突然，他的樣貌與腦海中烙印般的畫面重疊起來。

他是鏢局的人，當年殺死我父母的鏢師就是他！

他們用連著繩索的鐵鈎扣在門框上，再綁在馬匹身上。一聲令下，馬匹踢起前蹄發出嘶嘶的叫聲。

不消一會兒，阿紫家的門就被硬生生拆開了。地主走進阿紫的家，發現她在房間，一臉驚恐的坐在床邊。地主命令其他人守在房間門外，他獨自走進去，嘴上掛著不懷好意的笑容。

「賣地還是賣身？這是我和你父親的交易。」地主步步逼向阿紫，瞟一眼躺在床上用厚重棉被包裹著的人形說：「你爹身體可好嗎？」

「我爹……病了……」

「你乖乖跟我回家，我請最好的大夫幫他治病，地租也不用繳了，好吧？」

「你答應我，會好好照顧我爹？」

地主走到阿紫面前，一手托起她的下巴，看見她水汪汪的雙眼，露出惡鬼般的笑容，手慢慢沿著頸部，滑落至她的胸部。

「當然會，只要你乖乖聽話，我願以人頭保證！」地主拍拍自己肥厚的胸口。

「那麼，交出你的人頭。」我一手掀開棉被，緊握著刀往地主的頭顱揮去。

我知道地主今天會來收地租，早就與阿紫預謀，她的父親正與其他村民往後山逃去。本來打算刺殺地主後，他聘請的鏢師失去金主，村民就安全了。可惜房間空間不足，我無法全力揮刀，地主也早一步吃驚退開，我的刀只斬中他的手臂。

「來人！」地主按住血流如泉的手臂一直後退，門外大批鏢師湧進來。

「走！」我牽著阿紫從房間預先挖好的小暗門爬出去。

當劊子手，除了要處理斬首之刑，還有其他更令人心寒的刑罰。例如「淩遲處死」，先用捕漁的網子將一個人包裹著綁緊，使皮膚從網洞突出，然後用小刀割去犯人的皮膚。

刑罰要求犯人被割多少刀，劊子手也要切實的執行，在整個過程中，犯人不能死去，所以劊子手會先割下犯人四肢的肉，再來是臉頰與五官，因為割下四肢後大量失血，會使犯人進入半昏迷狀態。臉部肌肉有很多敏感的神經，強烈的痛覺會重新喚醒犯人的意識，淩遲之刑到了最後，全身將會皮開肉綻，驟眼看去，是一個沒有皮膚的血人。

全身只有一處地方保持完整，那就是心臟位置的皮膚。此時，犯人腦海裡只有一個希望，就是能閉上眼睛死去。最後一刀，會直接刺穿犯人的心臟，奪去其性命。然而，犯人的眼皮通常都會被割走，要他死不瞑目。

師父教我各種無痛殺人的方法，凌遲會先割斷犯人部分的痛覺神經，盡量減輕他們的痛楚。

此外，浸豬籠也是殘酷的死刑，把犯人困在豬籠內，綁起雙手雙腳，再拋進水裡活生生浸死。當我將豬籠丟進水裡後，會伸手進水裡按住犯人的頸動脈，使犯人在十秒內缺氧昏迷，在昏睡中死亡。人命很脆弱，切斷一條筋脈、一刀刺穿心臟、一把匕首、一個銅錢、一頓飽飯……

來到阿紫的村莊整整兩天，我都在挖暗道，我把它挖得長長的，因為想在裡面塞更多人。

我們爬出暗道外，屋後沒有鏢師守候，我叫阿紫去拿些乾柴過來，我則在暗道門外守著。

半晌，一個鏢師從暗道中探出頭來，看見我把刀高舉過頭。

「不！不！等一下！」鏢師拚命想退回去，但暗道仍有其他人。

我手起刀落，他的頭顱飛彈開去，四肢一軟，整個人卡在暗道口，其他人都出不來。剛好阿紫把乾柴拿來，我很快的生個火再丟進暗道裡，因為事先早已在暗道中抹了層油，火舌從暗道竄進屋內，聽見引起了一陣大騷動，我和阿紫馬上逃跑。

回頭一看，看到地主和剩餘的鏢師騎上馬匹追趕，我們趕緊逃進後山的叢林，這裡能有效的將他們分隔開。

跑了一段小路後，只要聽見有馬蹄聲，我便停下來躲在樹上伏擊。在長滿樹木的狹窄空間，我的劊子手刀比較有利。我站在樹幹上，以茂密的樹葉作掩護，靜待搜索的鏢師經過，再跳下去把他的頭斬下來。

行刑時很多犯人都會亂動掙扎，所以我對抓緊時機很熟練，我雙手緊握著刀，垂直的躍下，用身體的重量俐落的將追兵人頭落地。

順利搶到馬匹後，我把躲在遠處的阿紫叫過來，騎著馬逃跑比較快，我們很快就擺脫了追兵。差不多跑過了一個山頭，夜幕漸漸低垂，天空從橘子紅變成深藍。就在這個時候，身後一下巨響，馬匹突然猛力跳起，將我和阿紫從馬背甩下。

馬匹大腿有一個血洞，牠後腿猛踢失控的逃跑了。我回頭一看，身後有一個拿著長柄火槍的鏢師走近。我定睛一看，他就是殺死我父母的鏢師。

「別再逃了，你再走一步，我便賞你腦袋開花！」鏢師騎著馬繞到我和阿紫面前。

「你，記得我嗎？」我直視著鏢師。

「誰？」鏢師皺眉。

「你們鏢師跟著某商人屠殺了整村人，殺死了我的父母。」

鏢師沉默了半晌：「哪個村？」他的表情彷佛在説，每天都做著的例行工事。

我察覺到他的表情驟變，眼神變得鋭利，我根本不可能躲過火槍的鐵彈，只好孤注一擲，聽見槍聲的同時，我猛力揮動劊子刀。劊子刀雖然刀刃比較短，但刀片較寬，揮中鐵彈的機率比較大。

揮擊後，我調整呼吸，鏢師見我沒有倒下，表情驚訝。火槍每射一槍都需要重新填彈，也就是説，如今鏢師手上拿著的只是一根木棍，我趁這個機會一個箭步衝上去……

「斬！」

已經多少年了呢？沒有感受過血液的溫度和黏稠感。

我奮力一躍，鏢師想用火槍擋下我的刀，我一刀把火槍砍成兩半，順勢將他的手臂斬下來，鮮血濺到我的臉上。鏢師從馬背墜下，失去一隻手臂的他按住斷臂傷口跪在地上。

「爹幫我在這裡擋了一刀。」我刺向鏢師的左側腹。

「爹倒下之後，換我娘。」這次，我刺進他近左臂的肋骨裡。

鏢師躺在地上一動也不動，血泊以很快的速度擴展。

「殺……了……我……」

「接下來這一刀是我的！」我一刀斬在泥地上，道：「斬歪了，抱歉。」

此時阿紫從躲藏處走出來，看見我眼前的鏢師，嚇得雙手摀住嘴巴，不敢直視。

「我們走吧！」我把半死的鏢師留在原地，跟阿紫離開。

走到一半，我多番確認身後沒有人追來後，便體力不支跌坐在地上。阿紫扶著我到一棵樹下休息，她摸到我腰間一片濕潤，低頭一看，發現她滿手都是鮮血。

「你……」

「我技術還沒到家呢！」

那一槍，我根本沒有擋下來……

天色昏暗，鏢師沒察覺到我已中槍，我早已有同歸於盡的決心。幸好被火槍射中的位置並不會致命，我和阿紫在天光前到達下一個村莊，與她父親和其他村民會合。我們先暫住在客棧，再計畫之後應該怎麼做。我昏睡了三天才醒過來，阿紫看我醒過來時喜極而泣，原來她一直在我身邊替我療傷。

這段在客棧留宿、整天臥床的日子，我終於明白師父所說：「能替身邊的人求神祈福，都是幸福的。」

如果要我向神佛許願，我希望能永遠停留在這個時光。

「你的手怎麼了？」阿紫指著我手上的黑斑。

「我是個劊子手。」

已經忘了從何時開始，雙手手臂長滿了淡淡的黑斑，一圈一圈的，有的像人臉，有的像厲鬼。師父說當我們這一行的，所有罪孽都會永遠烙印在身上，連投胎也抹不掉。

阿紫沒有說話，也沒對我當劊子手有任何意見。

村民們各自找到地方定居，陸續搬出客棧，也許一輩子也不會再見面，每一次送別，都充滿了哭聲，客棧的房間漸漸變得空蕩蕩。

「你會跟我走嗎？」阿紫問。

「我只是個劊子手，什麼都不會。」

「你可以跟著我爹一起工作啊！」

我只是輕輕點頭帶過，沒有答應她，因為我察覺到她爹看我的眼神，就像我在刑場工作時，犯人父母看著我的眼神一樣。

國家的仗打輸了，跟敵國簽了一大堆條款，就像在砧板上任人宰割的魚一樣。誰要魚尾就斬下來給誰，不要內臟嗎？就統統挖出來丟掉。

「清算時間」開始了，打仗時的怨恨統統都要還，每天有數十個犯人要執行死刑，劊子手這職業再次興起。不消半個月，我已斬了三十多個人頭。戰犯大多沒有親人來認屍，每晚刑場燒屍的黑煙直捲上天際。殺人已麻木得只是一份熟能生巧的工作，甚至只是一個數字。

還記得那天下著大雨，雨水沖刷著刑場的血跡，血腥味混著水氣撲進鼻子裡。

斬人頭數目，九十九個。我向刑場的官士請辭，他們都很瞭解劊子手的傳統，所以沒說什麼就讓我回家了。

我內心從沒感受過如此巨大的喜悅，心臟像小鹿一樣亂跳個不停。我拿著工錢直奔回客棧，我想立刻告訴阿紫，我已經不是劊子手了，我們可以在一起了！

回到客棧，我一手展示著飽滿的錢袋和官兵送我的餞別禮，一推開門，發現阿紫不在房間裡，不！房間內所有行李都收拾得一乾二淨，阿紫與她爹離開了，連一句道別都沒有……

「老闆，不好意思，請問你知道房間的父女去了哪裡嗎？」我走回掌櫃處詢問。

「我怎麼知道？」

「那……他們有沒有留什麼口訊，或有說什麼時候回來嗎？」

「沒有啦！不過，你可以在這裡等她，我把那間房留給你，承諾不加你的房租。」

「老闆……你覺得她會回來嗎？」

「有緣分的話，你們一定能再見面。」

緣分這東西，到底由誰來定？是天？還是人？

「對了，這些送你吧！」我把手上的錢袋和餞別禮全交給老闆作為房租。

我決定一直待在客棧等阿紫回來，就算等到死的那天，我也不會離開。

沒有再當劊子手後，為了生活，只能到處找工作。每次有商人送貨物出城，我都會請求他們幫我打聽阿紫的消息。

轉眼間，數年過去了，城裡的人以為我是瘋子，所有人都知道阿紫不會回來，只有我一個人固執的等著。我漸漸染上了跟師父一樣的病，咳嗽咳個不停，每一下呼吸都覺得體內淤積著黑色的毒物。雙手的黑斑也越來越嚴重，顯現出一張張人臉，有的在痛苦慘叫，有的在哭泣。

沒人願意讓我碰他們的貨物，也沒人願意讓我進他們的店，我變得像瘟疫一樣，不論去哪旁人都用嫌惡的眼神看待我。

「不如替我工作吧！」客棧老闆。

「我？」

「最近很多惡霸來搗亂，這些人你全幫我趕出去，外面的世界很亂，客棧裡更不能亂。取而代之，我幫你打聽阿紫的消息。」

「真的嗎？」我還以為自己聽錯。

「客棧本來就該幫房客解決問題，不是嗎？」

就這樣，我每天都在客棧內替老闆工作，誓死保護客棧的安全。遇到不付房租的客房，我就拿著刀把他趕走，或從他們的錢袋中榨取房租。

不時出現相約在客棧開戰的幫派，兩幫人馬各占一方，把客棧的房間都塞滿了。只要他們一開戰，必定造成傷亡，這樣也就沒人敢來客棧住了。所以我會在他們開戰前，將幫派的幫主趕走，要是他敢反抗，我就拿刀迎擊。

我不能再殺人，所以只能用刀刃的橫面將他擊昏。失去了發號施令的人，幫派便會落荒而逃。這樣的工作，比起當劊子手有意義得多，城內的人都叫我「客棧的惡鬼」。

有一天，老闆終於打聽到阿紫的消息了。

「你想找的人回來了，但是，很抱歉……」老闆一臉難以啟齒，不知該從何說起。

「阿紫回來了？她怎麼了？」

「其實不是我找到她的，你們之前打傷過地主吧？他比我更快找到她，那個地主比你們想像中的勢力大很多。」

「他將阿紫抓住了？」我心急如焚，不敢想像阿紫落入地主手中會有什麼下場。

「地主將她押送去收監，他似乎跟地方官很熟，所以判決結果是……」

斬首之刑。

老闆還說，明天就是阿紫行刑的日子了。我整個人都像被掏空了一樣，體內什麼都不剩，空氣能輕鬆穿透我的身體，一切都變得不重要。

我茫然的返回房間，看著放在床邊的劊子刀，又想起破廟，那個差點斷頭的佛像。神佛果然不存在，不然師父就不會死，阿紫也不會落得如此下場。又或者，神佛都是貪錢的傢伙，只會眷顧有財有勢的人。

這樣的話，我鄧海山，願成為惡鬼，與神佛為敵。

這天，是阿紫行刑的日子。我打算預先潛伏在刑場，等候適合的時機營救她。

不知怎的，這天風沙特別大，不時刮起怪風，刑場沙塵滾滾。當我到場刑場時，發現空無一人，也不見阿紫的蹤影。

以正常來說，犯人會提早半天到達刑場，官兵會給予最後一頓飯，一隻雞腿加一碗白飯，吃飽再上路。我獨自在刑場的周圍徘徊，情況有點不對勁，難道是老闆的情報有誤？

突然，我聽見遠處傳來爆響，隨即大腿一陣強烈的灼痛，使我單膝跪倒在地。我低頭一看，大腿多了一個冒煙的血洞。

「你果然來了，哈哈哈哈哈！」厭惡的笑聲傳入耳中，一道熟悉的身影從沙塵中慢慢步出，是地主，身旁還有一個穿官服的男人。

原來是個圈套，地主特地大費周章把阿紫送官收押，就是為了把我引出來。

地主身後還有一堆官兵隨行，他們正押送穿著犯人服的阿紫。我用刀拄在地上，奮力把身體撐起來，鐵彈卡在我的大腿骨間，使我難以移動。

風停了，我終於能看清阿紫的模樣，但半晌後，我震驚得張大雙眼，不敢相信眼前所看到的。阿紫總共被五條粗繩綁著，四肢各一，脖子也綁上一條。我作為劊子手，很清楚這種犯人將要面對的刑罰。

五馬分屍。

綁住犯人的四肢和頭顱的粗繩，都會各連接著一匹馬。刑罰開始時，會點燃馬背上的鞭炮，爆聲響會使馬匹驚嚇的逃跑，強大的拉扯力會將犯人五馬分屍。由於頭部連接著脊椎，不容易被扯斷，所以犯人通常都是四肢被撕斷後，只剩下頭顱和軀幹被馬匹拖著奔馳，最後抵受不住強大的撞擊而死。

五馬分屍之刑實在太過殘酷，根本無法減輕痛楚，劊子手只能預先鬆脫犯人四肢的關節，切斷其筋脈，讓分屍過程更快完成。

官兵將阿紫帶到我的面前，我想衝過去救她，但被官兵按壓在地上。也許吸入過多沙塵，加上大腿受傷，我全身使不上力，不斷咳嗽吐出黑血。

地主走到我的面前，蹲下來跟我說：「你欠我一刀，還記得吧？」

「咳！」喉頭一腥，我嘔出大灘黑血，像頭惡鬼般盯著他。

一頭無能的惡鬼。

「我給你一個選擇，幫我斬了她，或看著我把她五馬分屍。」

「……」我看著阿紫，不見多年，沒想到以這種方式重逢。

「我來幫你選吧！」地主輕拍兩下手，官兵將粗繩綁在馬匹上，阿紫任由官兵拉扯，像個失去靈魂的軀殼般，一動也不動，眼雙無神，嘴巴半張，唇上有半乾的血塊。她被抓到之後，一定被摧殘得體無完膚吧！

對不起，阿紫，我沒能好好保護你。

這是我能為你做的最後一件事了。

「住手！」我喊停官兵，用盡全身氣力，才擠出接下來的幾個字：「我來斬她……」

地主聽見後大喜，命人馬上將我扶起，再推到阿紫背後。

「警告你，別耍花樣！不然我保證，她會求生不得，求死不能。」

地主的恐嚇使我想起師父曾說過，劊子手斬人不能過百，否則罪孽太深，會被惡靈纏身，連求死也不能。

是嗎？那就太好了。

「阿紫。」我輕聲叫喚她。

她輕輕一抖，回頭看著我。

「放心，一點也不會痛，我保證。」我沉穩的調整呼吸，緊握著劊子刀。

如果阿紫一定要死，我也要讓她以最不痛苦的方法死去。就算要斬頭，也不能給其他人下手，我才是這世上最不想她受苦的人。

阿紫沒有回話，只是凝視著我微笑。

「我，鄧海山，會一直等你，下輩子、下下輩子，就算過了一萬年，我都會等你回來。」

「喂！快點斬她！」

阿紫把頭垂低，露出頸背。

「阿紫，你知道什麼是一輩子嗎？那時我受了重傷，昏睡了幾天，在客棧裡醒來，第一眼看見你……對我來說，那一剎那，就是一輩子。」

淚水滴落，利刀斬下。

這是我斬下的第一百個人頭。

阿紫的屍體是我負責燒的，我用這次工作的酬金買了一個玉石骨灰盅，將她的骨灰放進去。

後來，我打聽到她父親的下落，原來她們離開客棧後，生活一點也不好過，雖然找到新的住處，但因為嗜賭，欠下一筆巨債，也因而被地主發現。地主主動替他還清債務，更給予一份新的工作，條件是將阿紫賣給他。當然了，她父親的下場也並不好過，連屍骨都找不到了。

我帶著阿紫的骨灰回到客棧，我破了劊子手的戒條，天庭不收，地府無門，只能長留人間受詛咒。

這樣正好，我與阿紫約定了，下輩子的她忘記我也不要緊，等下下輩子吧？或許，過了一百年、一千年、一萬年，阿紫在投胎時，地府的鬼差會稍稍的告訴她，有一隻惡鬼，在客棧裡等著她。

這間客棧叫——「夜谷客棧」。

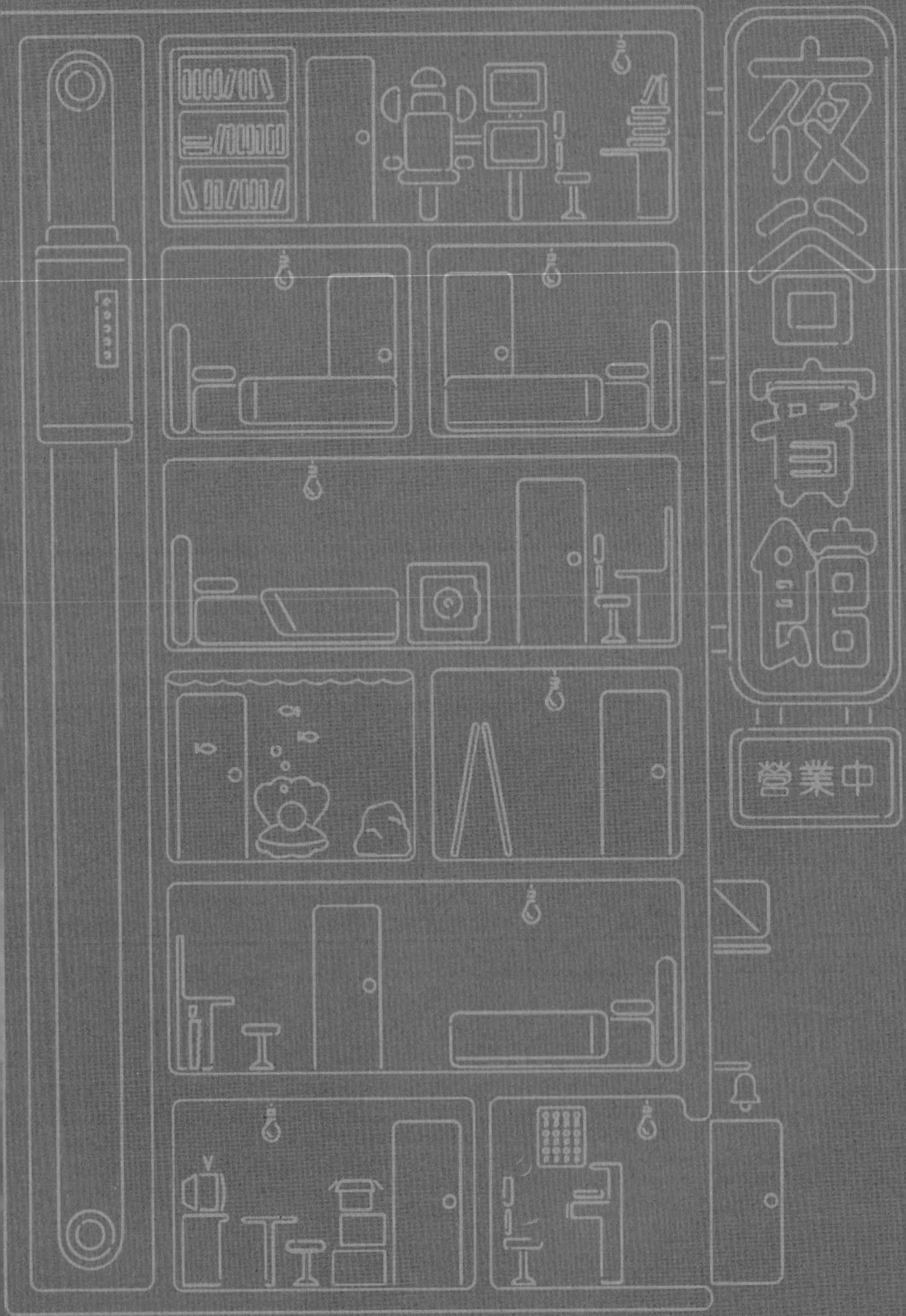
夜谷賓館
營業中

第九章 記憶

這番說話就像投放了核彈一般，
房客們聽見後的表情，
彷彿核彈在面前爆炸，
受到強大的衝擊力和強光照射……

天臺的晚風很冷，我縮著肩膀，環抱著雙臂，冷得牙齒打顫。

我跑上天臺查看漏水，那時候仍是風和日麗的大晴天，但鄧海山突然上來，坐在我旁邊說故事，故事說完已是夜深了。老實說，沒有比兩個男人在天臺上談心更噁心的事情了！

「我聽完你的故事了，除了炫耀你刀法很霸道之外，還想表達什麼？」我沒告訴他，聽到一半我睡著了，被冷風喚醒。

「我，會全力保護賓館。」

「屁啦！除了斬人你還會什麼？」

「五馬分屍、凌遲、浸豬籠……」

「夠了夠了。」

「我，活了這麼多年，才悟到一件事。任何人，的人生，榮華富貴，兒孫滿堂，終歸都會歸零。人生不是加，是減。」

此時，又一陣冷冽的晚風吹過，使我的頭腦清醒過來：「等等！你的意思是說，從我祖父的年代，你就一直住在賓館？」

「大概是，祖父，的父親吧！」

「這不是重點啦！重點是你一直住在賓館裡！這樣的話，你一定知道我父親死去時的情景，對吧？」

「我記得，那晚，我有幫他，求神。」

「你每次求神都會死人！拜託別幫我求，有心了。不過，你可以告訴我當晚發生的事情嗎？」

「怎麼了？」

「我好像完全忘記了，父親離世的那晚所發生的事……」

「忘記了？我，活這麼多年，都記得，你是腦袋，有問題嗎？」

「父親死去的時候，我在場嗎？」

「當然！」鄧海山想了一下，又說：「不！你不在場。」

「到底發生什麼事？我完全記不起來。」我奮力去思考，但腦海還是對那時的記憶空白一片。

「你，不是忘了，只是不願想起來，我幫你。」鄧海山返回天臺，一手將我拽到地上。

「哎！你幹嘛？」

「我發誓，守護賓館，所以，你必須記起來！」鄧海山拿起劊子刀，向我一步一步走過來。

「等等！你想幹嘛？」我想逃，但雙腿無法使力，只能坐在地上不斷退後。

鄧海山快手一斬，在我大腿上劃了一道血痕，雖然傷口很淺，但差點嚇到我心臟病發。

「記起來，了沒？」

「住手！我記不起來啊！」

我一直退，鄧海山一直追。我轉身手腳並用的在地上爬行，爬到天臺門前。這門除了我之外，任何人都沒辦法打開，只要將鄧海山鎖在天臺上，我就安全了。

不料，正當我伸手去轉動門把時，鄧海山比我更快一步，走到我的身後，橫揮一刀，我手背又出現了一道淺淺的血痕。

「記起來了？」

「記不起來！」

我逃到天臺邊緣，雙手撐著站起來，鄧海山卻將我逼到死角，無處可逃。

「下一刀，要你的命。」

「你殺了我也沒用，我真的記不起來啊！」

「你，一定要記起來。」鄧海山雙手握刀，像球板一樣用刀刃橫面重擊在我的腿上，使我整個人跪在地上。

然後，他踩在我的手掌上，不讓我逃去。我跪在地上，像個被斬首的犯人一樣。

「這玩笑夠了，我發誓不加你房租！可以了吧！先放開我！」

「數三下，不痛，人頭落地。」

「不不不不不！」

我每一吋毛孔都在慘叫，全身細胞沸騰起來，頸背涼涼的，突然，像是有一輛載著滿滿記憶的火車，以高速從黑洞的深處衝出來。

腦海有很多畫面像分割畫面一樣展開來，每一段都是我的真實記憶。

「我記起來了！」

頸背一涼，我相信鄧海山的刀就在我的頸背上。但就這個時候，一切都豁然開朗，腦海蹦出的畫面像拼圖一樣，跟被塗掉的記憶拼湊起來，成為完整的記憶。

我的童年幾乎有大半時間都在賓館裡度過，每一分、每一秒，我都想逃離這裡。為什麼我非要繼承賓館不可？為何我沒有選擇將來的自由？

每次討論到這個話題，我和父親都會大吵一番。人生中有絕大部分的吵架，都是跟最親的人吵的。為什麼？因為是最親的人，所以才固執的想要對方認同自己。

每一句話都全力正中對方的要害，即使不是想要表達的意思，為了惹怒對方，也都衝口而出了。

「因為你的霸道，我媽才會失蹤，因為她不想見到你！」
「我可真羨慕她，因為她可以離開你，但我不行！」
「你知道嗎？當你死了，我繼承這間賓館，會立即賣掉它！」

從小到大，每次吵架後，父親都會躲在房間，而我則離家出走，沒錢了又回來。我們總會裝作沒事，然後又不經意的試探彼此心情。

「兒子啊……」有一次，父親煞有介事的問我。

我當時正專注的玩電腦遊戲，盯著螢幕裝作沒聽見父親的話，但其實我正凝神聽著父親說的話。

「你真的很討厭這間賓館嗎？還是討厭我這個父親？不管是哪一樣，都是我的錯……」父親沒等我回應，就終止了這次的對話。

我仍看著螢幕，遊戲內的角色被敵人殺死了，我整個人怔住，思考著父親說的話。

我真的討厭這間賓館嗎？還是說……

我只是單純為了叛逆父親，才這麼討厭繼承賓館？

事發的那天，我正埋頭苦幹的工作，我的工作是負責市場推廣，一方面當客戶的狗，滿足他的要求；另一方面當上司的狗，做出業績讓他可以邀功。老實說，我一點也不喜歡這份工作，卻把所有時間和心血都投放在上面，廢寢忘食，只為證明自己很忙，沒空理會賓館的事，也不用靠賓館過活。

跟客戶開會的途中，突然接到賓館打來的電話，我沒有接聽，還暗暗竊喜想像著父親生氣的樣子，「工作」成為了我的擋箭牌，可以不用跟父親溝通。

不過，父親沒有生氣。

他也沒有了「生氣」。

等到會議結束，已經過了大半天，在返回公司途中，我打開語音信箱，聽取父親的電話留言。沒想到，留言的竟然是賓館的房客，他們說父親病危，叫我趕快回來。

人與人的離別，不管說多少次再見都不夠。

我丟下手邊的工作趕回賓館，心裡祈求父親千萬不要有事，到底這半天在裝什麼忙，要是父親出了什麼事，我一定會內疚一輩子。

賓館門外停著一輛救護車，我內心一凜，櫃檯空無一人，我猜想父親一定在506號房，所以飛奔上樓。五樓的走廊早已擠滿了人，他們全都是房客，或是已經退房的房客，知道父親有事所以回來，所有人都一臉道別的哀愁，還有……

責怪我的目光。

打開房間門進去，父親已在床上奄奄一息，雙頰凹陷，比我印象中的他身型更矮小，整個人都失去了生命力。

「兒子啊……我死了之後，你可以賣掉賓館沒關係，但答應我，一定要找到自己想做的事情啊！」

說完這句話，父親就斷氣了。他還是一樣，沒等我回話就逕自離開。

「救護員呢？救護車不是停在外面嗎？」我失控的大哭，現在說多少句對不起，父親都聽不見了。

「你父親不肯到醫院，他說要是在醫院昏睡過去，很可能永遠也醒不過來了。我們早就叫救護車了，但救護員進入賓館後，搭電梯也好，走樓梯也好，都找不到五樓，賓館不讓他們上來帶走你父親。」其中一個房客說。

「怎麼會這樣？父親為什麼會突然……」我說到一半被中斷了。

「突然？你認為他是好端端突然病倒的嗎？你告訴我，你有多久沒認真看看父親的臉？」另一個房客哭得滿臉是淚水。

在逝去的父親面前，被一群陌生人說教，在他們眼中，我是個連父親生病也漠視不理的不孝子吧！當時的我為毫無反駁能力而感到懊惱，更不願在這群陌生房客面前承認自己的錯，於是我決定把他們趕走。

「難道你們擠在這裡，我父親就會復活嗎？你們全都給我滾！」我大吼。

「我們是你爸的長期房客……」

「現在我繼承了夜谷賓館，我要你們全都退房，趕緊給我滾！」

「但……這怎麼可以……」

「夜谷！把他們驅逐出這裡！」

五樓的走廊燈忽明忽滅，地板像地震般劇烈抖動，令所有人都站不穩，跌倒在地上，地毯突然把他們捲成一團，從樓梯翻滾下去。

我搭電梯來到櫃檯，只見他們各個被摔得頭破血流，我用力的大聲嘲笑，最後房客們統統都被我強制退房了。

此時，救護員從地下室走出來，他們全都一臉茫然，一副小孩在商場迷路的樣子。

「我父親在五樓，我帶你們上去……」

在我的帶領下，救護員順利來到五樓父親的房間，可是他已經被證實死亡了。

我辭去了市場推廣的工作，用薪水幫父親舉辦葬禮。我沒邀請任何人來，但不知怎的，所有房客都來了，他們手上拿著一封不知道是誰寫的信，我搶過一封來看，信上寫了葬禮的地址和時間，寄出地址是夜谷賓館……

我用僅剩的錢請了那走火入魔的道士進行儀式，在整個儀式中我一直低著頭，不想跟任何人有眼神接觸。

就在這個時候，一個穿著花裙子的小女孩彈跳著腳步，走到父親的黑白照片面前，深深的鞠了個躬，然後上前放上一朵黃色小花。她也是賓館的房客嗎？所有人都疑惑的看著她，女孩什麼也沒說，就帶著輕盈的腳步離開殯儀館了。

遺體火化儀式結束後，我返回賓館試著經營，父親教了我很多，但我以前完全聽不進去，坐在櫃檯後不知所措，連房間的鑰匙也不知道該在哪裡找。幸好，賓館本身有著神奇的魔力，我需要什麼，它就給我什麼。

漸漸的，我學會了經營賓館，除了應付前來租房的客人，還有長期入住的房客。上次趕走的只是其中一部分，更多的是賴死不走，包括動不動就斬人的劊子手鄧海山。

「我記起來了，你滿意了吧！」我喘著氣，發現剛才嚇到忘記呼吸了。我摸摸自己被冷汗沾濕的頸子，確認頭顱還是連著我的身體後，才慢慢撐著抖個不停的雙腿站起來。

「你故意，埋藏，這段記憶，是不想內疚。但人生，就是不停內疚，自己做過的，每件事，覺得不夠好，人，才會進步。」

鄧海山說得沒錯，將記憶片段抹掉的，是我自己。

「既然記起來，那麼，你應該知道，賓館為何，會這樣。」鄧海山把刀當成拐杖般拄在地上。

宛如一股電流直貫進入腦袋，我離開天臺直奔去儲物室，鄧海山也緊緊的跟在我後面。父親的私人遺物全部都藏在儲物室的最深處，我不想觸發起那段記憶，所以一直沒有碰它。我將一個大箱子拿出來，上面鋪了一層厚厚的灰塵，我瞇起眼睛小心翼翼的把它打開，一陣混雜灰塵的霉味撲鼻湧至。

裡面有父親的老花眼鏡、相簿、帽子、打火機、手錶，還有一張材質堅韌、用羊皮所製成的紙，我把它拿出來仔細閱讀上面的字。

「我找到了……」我重複看了幾次紙上寫的內容，確認自己沒有看錯。

「它寫什麼，我看不懂。」鄧海山。

「這是一張契約，不知道是誰訂的，但上面註明了夜谷賓館由我家族所擁有，而賓館的存在效力，期限是二〇四七年六月三十日午夜十二時為止。」

也許是期限快到了，所以賓館的力量才會逐漸失去。到了期限當天，賓館將不復存在。

我返回櫃檯，快速翻閱想找出解決方法，製藥師、木偶師、道士、動物代言人、殺手……

雖說賓館能替房客實現所有願望，但是有兩項禁忌，是賓館無法辦到的，其一是使逝去的人起死回生，還有時光倒流。在帳冊的首頁有提到過，一旦觸犯這兩大禁忌，將受到無法挽回的懲罰。

「這下……一切都完了。」

我經常以為賓館擁有無限的資源，永遠不客滿的房間，發生任何問題都總有辦法迎刃而解。但事實上，任何事情都有它的期限，過度使用只會令枯萎的速度更快。

「完了，代表什麼？」

「那就代表這賓館玩完了！父親的心血在我手上毀於一旦，我卻沒能力去做任何事。」

「我在這裡，住了差不多，兩個世紀。」

「我知道，而且你也不打算搬走，是吧？」

「我會誓死，守護賓館。」

「哈！那真是太感謝你了，但現在賓館快要消失，你要怎樣守護啊？」

「那不是，終結。在夜谷客棧，你祖父、父親的年代，也有過相似的情況發生。」

「父親也試過？對了！你一直都住在賓館，快告訴我契約完了之後會發生什麼事！」

「你手上的契約，從一九九七年開始，交到你父親手上。再上一次，契約在一八九八年。每一次交接，賓館都會，有所改變，但不代表，這是終結。」

「但是……賓館的魔力失效了，我該怎樣做？」

「你是老闆，啊！」鄧海山聳聳肩，走向樓梯返回自己的房間。

「你這劊子手真不負責任，要是賓館毀了，你也不會再有地方等你的阿紫。」我揶揄。

「我會在原地，等她，不管怎麼樣。你會像上次，那樣逃避，還是，把我們趕出賓館？」

鄧海山嘲諷似的，繼續踏著樓梯上去。

我無法反駁，的確跟父親的關係出現了問題。將所有舊房客趕走，只希望能逃避問題，不願承認自己的錯。

不敢面對……不敢承認……

如今夜谷賓館的契約快要到了，如果到了二〇四七年仍找不到解決方法的話……

咦？距離現在還要二十多年時間啊！不用這麼急吧！

「不行不行不行！廢物！爭氣點！」我使勁的摑打自己臉頰，不能再有這種怠慢的習慣了，賓館已逐漸的崩解，先是燈泡壞掉，再來是電梯、屋頂滲水……再不想辦法的話，到無法挽回的地步就只能後悔了。

「夜谷，放心，我會救你的。」我向著空氣說。

隔天早上，我先打電話給製藥廠，向他們訂了一箱我將要用到的藥物。

「這種藥也太高難度了吧！你以為我是藥神啊？」藥廠老闆。

「你做不到嗎？」

「哈哈哈，我就是他媽的藥神！要多少？什麼時候要？」

「現在就要，我要一整箱。」

「屁啦！你以為我是魔法師，說變就變啊？」

「你不是嗎？」

「我就是藥神魔法師！哈哈哈！」

十五分鐘後，藥廠的快遞來了。然後，我再通知所有住在夜谷賓館的長期房客，說有重要的事宣布，請他們中午來大廳一趟。

「有什麼祕密要賣給我嗎？我馬上過來！」祕密商人。

「咕嚕咕嚕。」被放逐的人魚王子說，他只有十分鐘時間，不然他的魚鰓會乾涸而死。

「我不是人類，也要下來嗎？」自稱是來自未來的機器人不屑的說。

「好的，我今天剛好休假。但昨晚嗑太多藥，我盡量保持清醒就是了。」曼森醫師。

「這是精神實驗嗎？」精神科醫師。

「我明白了，不過，要是你敢放棄，我會斬了你。」劊子手鄧海山的聲音離電話很遠。

「你把電話拿反了啦！古代人！」我。

賓館除了他們之外，還有其他長期房客，大多數都是買不起房的普通小家庭，一家幾口住在賓館裡。再加上地下室的囚犯，一到中午時間，大廳便擠滿了人，有點像街坊會議。

「各位，這件事我必須向大家坦白，夜谷賓館將會在二〇四七年消失。」

在場所有人都擺出一副不敢相信的表情，我環視一周確認所有人都聽見我說的話，再繼續說：「接下來的日子，除了燈泡、電梯、房間淹水之外，賓館還可能會出現更多的毛病。但是，這一切我都沒辦法控制。」

「喂喂喂！等等！」祕密商人跑過來捂住我的嘴巴，湊近我耳邊說：「你至少也用官腔安慰一下吧！別說『沒辦法』，要說『正在努力改進』，你這樣子怎麼做生意？」

「我不想再逃避了。」我堅定的跟祕密商人說。

「這不叫逃避！只是有技巧的迴避風險。」

「不去直視，不代表問題不存在。」

「……」祕密商人嘆了口氣，忿忿的退回去人群之中。

「以下是我個人的猜想，但很有可能成真，賓館將會失去魔力。它不再擁有無限的房間，不再有無限的資源，它會變回一間又殘又舊的普通賓館。」

這番說話就像投放了核彈一般，房客們聽見後的表情，彷彿核彈在面前爆炸，受到強大的衝擊力和強光照射，臉部肌肉緊繃成一團。

在場的人沉默了良久後，有房客提出問題：「是因為房租的關係吧？這麼多年你都沒加過房租。」

「不如這樣吧！我們一起堅持下去，賓館一定會有救！」又有人說。

「沒錯！老闆加油！」

「撐著！我支持你！」

像病毒散播一樣，在不知不覺間大家都為著賓館打氣，場面非常熱血，宛如置身於足球場，將要射最後一個十二碼一樣。

然而，「加油」、「堅持」、「支持」真的有用嗎？「只要努力，就一定會成功。」沒有比這句說話更不切實際的了。難道說，這世上所有不成功的人，他們沒有努力過嗎？做任何事都拚盡全力，到最後一刻都不放棄，這只是做人的基本，跟成功與否一點關係都沒有。這些鼓勵的說話，只會令人忽視了現實狀況。

「我要說的就這麼多了，大家可以隨時退租，我不會介意的。」我輕笑。

房客漸漸散去，有的外出，有的返回了自己的房間。劊子手鄧海山抱著他的劍，盯了我一眼後，也跟隨其他人返回房間了。

正如我所說的，加油、堅持、努力是一回事，現實又是另一回事，不少房客都在隔天辦理退房手續。

「謝謝你治好我兒子的病。」一位兒子有自閉症的母親，退房時向我道謝，我找藥廠解決了他兒子的問題。

我接過她交出的鑰匙，上面貼了一張卡通貼紙，是她兒子堅持要貼上去送給我的。

「不客氣。」替她辦好退房手續後，又說：「這是我為大家準備的道別禮物，大家嚐嚐看吧！」

我指向放在櫃檯上一盤顏色怪異的糖果。

「好，謝謝。」母親拿了兩顆，把其中一顆給了兒子。

「咕嚕……咕嚕咕嚕咕嚕。」過了幾天，人魚王子也來辦退房了，這也是無可奈何的事。

牠因為支持人類發展而跟族人吵架，結果生活環境受到汙染，牠被族人放逐到地面，避難到我的賓館。我為牠特製的房間，裡面灌滿了水，窗戶還可以讓牠隨時偷渡進大海。但如果賓館失去魔力，牠的房間就不能再住下去了。

「謝謝，接下來你打算怎樣？」

「咕嚕嚕嚕嚕。」人魚王子說想返回大海向族人道歉，承認自己的過錯。

「祝你好運。」我把一顆糖果遞給牠。

又過了幾天，那個不要臉又沒才華、自以為與眾不同，每次跟他收取房租就給我一本親筆簽名小說的作家也來退房了。

「真是可惜啊！我原本還打算在這裡住一輩子的。」

「上次的原稿有幫到你嗎？」

還記得他第一次入住賓館時，打電話來櫃檯說要求助，當我去到他的房間，他像是個明天就要考試但忘了溫習的小孩般，抱著我的大腿求救。

我用賓館辦公室的印表機放幾張白紙進去，印出來的已是一張寫滿故事的原稿了。

「噢！我記起來了！那個《神與程式設計師》的故事吧！」

「對！」

「呃……我不知道，我把你的原稿直接交給編輯了。」作家挖著鼻孔一臉不在乎。

「這麼隨性的作者，我還是第一次見。」

「哈！別這麼說嘛……」作家喜孜孜的搔著頭。

「這不是讚賞。」

「……」

「拿一顆糖果去吧，就當是道別禮。」

「該不會是什麼毒藥吧！」他拿著糖果端詳。

「直覺很敏銳，真不愧是作家。」

「這……是讚賞吧？」

我聳聳肩，作家把糖果拋上半空，糖果不偏不倚的掉到他的嘴裡。半晌後，他又捏住頸子大力的咳嗽：「噫！咳咳！嗆到了！」

除了退房的房客，只要遇到有其他房客要外出，我都會送一顆糖果給他，要是他們不接受，我就把糖果弄碎，偷偷放進他們的飯裡。藥廠的服用說明書裡說，即使變成粉末或液體，「藥力」一樣有效。所有吃了糖果的房客，再也沒有回來賓館了。

之前只試過因賓館不接受這個房客而沒有鑰匙，但從沒試過像現在這樣，用來掛鑰匙的架子，像是收集拼圖一樣漸漸填滿了每個房間鑰匙。

是的，我再一次將房客們「驅逐」出賓館了。夜谷賓館的魔力以無法預計的方式漸漸失效，不再會有無限的房間，也不知房間數量萎縮後，裡面的房客會變成怎樣，像是人魚王子那種特製的房間也必須要清除掉。我絕不想再發生一次吃掉修理工的事件了！

「這不是你的錯，你只是生病了，我會想盡辦法救你的。」最後當剩下我一個人時，我對著夜谷說。

我叫藥廠製作的藥，是「局部失憶藥」，能夠指定將某部分的記憶消除，也包裝成跟一般糖果的味道一樣，房客只要吃下去，就會將曾入住夜谷賓館的所有記憶消除。我是從自己抹掉父親逝世的記憶取得靈感的，即使我強制將房客趕走，當他們遇到問題時，也會記著這間賓館曾經用神奇力量去幫助他們。

夜谷賓館是一種奇蹟，但不是解決問題的方法。

「曾經」跟「現在」毫無關係，過分懷勉過去的輝煌，是一種包著糖衣的毒藥，吃下去當時很甜，還令你充滿了希望，但不會得到任何進步的可能性。

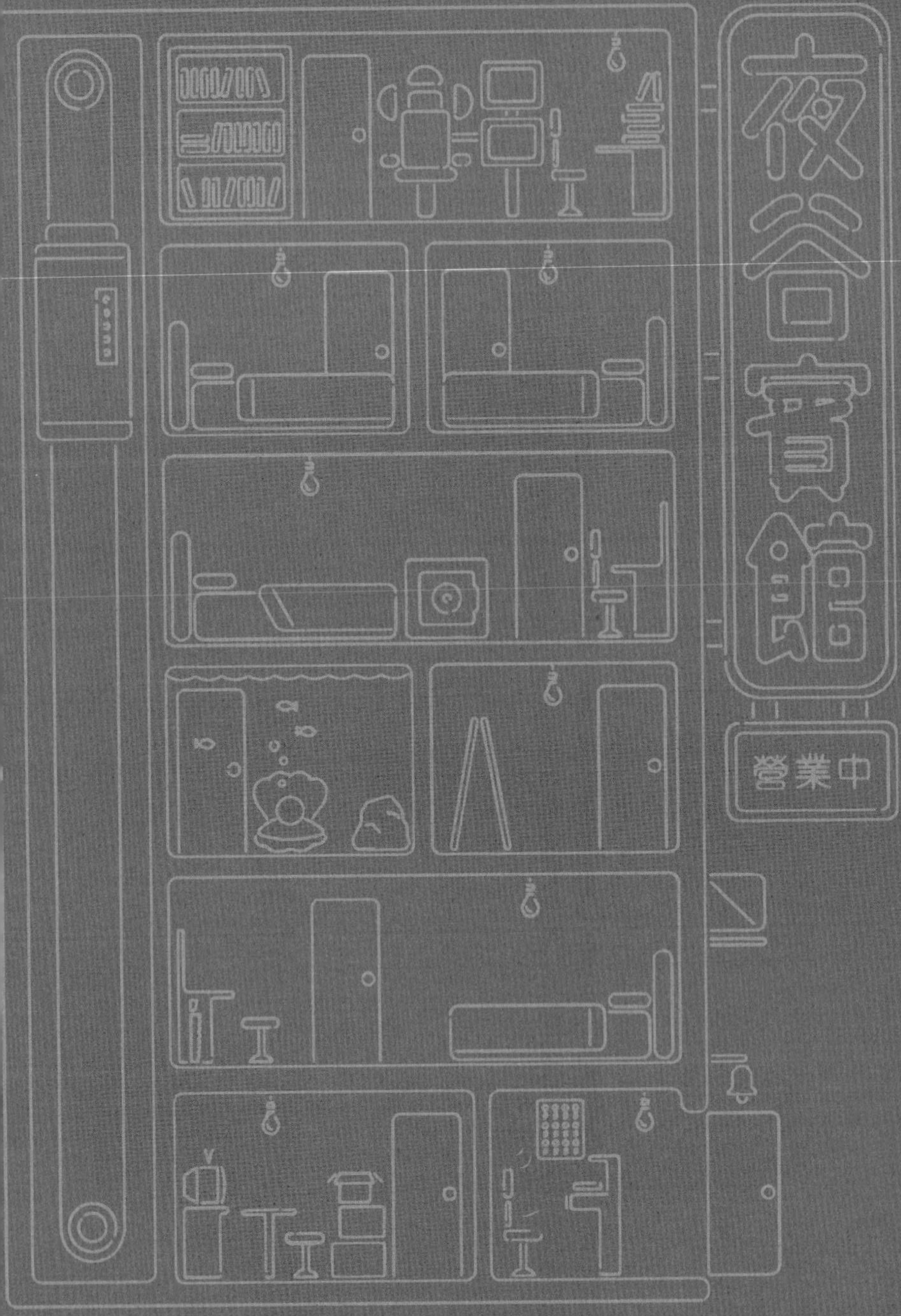
夜谷賓館
營業中

第十章 拯救賓館

我拿著買回來的工具和木板，
想要修理樓梯的破洞，
聽見有人推開賓館的門，
門後的銅鈴發出清脆的響聲。

半年後，糖果的藥力順利發揮作用，賓館已完全清空，變得空蕩蕩的，打掃時感覺有點荒涼，早上的「餵食時間」也變得很空閒。

也許這一切都是緣分，又或許這是賓館用它僅剩的魔力，送了我最後一份禮物。房客已經離開了賓館，但我竟然在一天之內再次遇見了他們所有人。

這天，我如常到外面尋找各種修理賓館的方法，不管是最先進的器材還是最古老的祕方，我統統都會試一次，不論結果如何，我都不會放棄。

我經過一間早餐店，遇見一個很眼熟的男生，我思索了很久，終於記起是那對先前來賓館找祕密商人交易的情侶。男生在最後關頭趕到賓館，阻止女友聽那個用所有積蓄買來的祕密，男生解釋那個祕密其實就是要向她祕密求婚。女生像蜜蜂看見花一樣一頭栽進去，完全相信那個男的。

作為旁觀者的我，早就知道男生賣給祕密商人的祕密，一定不是「祕密求婚」，但祕密商人死也不肯告訴我。

哈哈！這次我有機會直接問他了！我走過去他的座位前，坐在他的對面。

「抱歉，這裡有人……咦？你是賓館老闆！」男生。

「嘿嘿！」我賊笑著。

「我剛剛想起還有事要忙，麻煩你幫我把剛剛點的早餐改成外帶。」

男生馬上彈跳起來想迴避我，分明是作賊心虛，但是，我才不會讓他得逞呢！

我把早餐店老闆叫來，他也曾經是我的房客，我聘請了「恐嚇者」來說服房東不加他的租金。

「幫我把你店的大門鎖上。」

「蛤？你想我趕走所有客人嗎？這怎麼行啊……」早餐店老闆把咖啡端過來給我。

「你不用把客人趕走，我是不讓所有客人離開。」

「這、這樣……」

「如果不行的話，我找房東談一下好了。」

「我知道了……」

「對不起各位！警察說有逃犯跑進來了，所以要封鎖這間餐廳辦案！」早餐店老闆瞎掰了一個藉口，叫服務生將餐廳大門關上，所有客人像是進了捕鼠籠一樣抓狂。所有人都非常擔心自己不能準時上班，我是現在才知道，原來大家都這麼喜歡工作。

「好了，如果我告訴其他人，你就是那個逃犯，你猜想結果會變成怎樣呢？」我湊上前去跟男生說。

男生雙眼瞪大，低頭不敢與所有人視線接觸。

「乖乖，我只想知道，你賣給祕密商人的祕密是什麼？」

「你真的想知道嗎？」

男生嘆了口氣，他說那次雖然求婚成功，但在不久後就跟那個女生分手了。他本來以為，真正的愛情能夠禁得起任何考驗，有人認識兩天也能天長地久，有人結婚三十年也會因出軌而離婚。

男生在最後關頭向女朋友坦白，那天在祕密商人所賣的祕密是：他是一個雙性戀者。

「所以她就跟你分手了？」

「嗯！她接受不了。」

「但你有出軌嗎？」

「沒有！我對她是專一的！」

「不過，找到一個能接受你的人，總好過隱瞞一輩子吧！」

「這樣你滿意了吧？可以請你把門打開了嗎？」

「有這麼趕著去上班嗎？好吧好吧！」

我命令早餐店老闆將門打開，大門一打開，一個身型壯碩的男人擠開人群衝進店內，他四處張望，然後迎面向我衝過來，擁抱著坐我對面的男生。

「聽外面的人說有逃犯闖進來，你沒事就好了！」壯男哭得像女人一樣。

「我沒事，乖！」男生親吻他的額頭。

「我還是不打擾你們了。」我匆匆的離開早餐店。

這樣的話，他們也算是有一個美好的結局吧？

才剛離開早餐店，我就看見遠處有對母子牽著手急著橫過馬路，看來是趕著帶兒子去上學吧！我一眼就認出這個小屁孩，他就是在夜谷賓館自殺，在地下室的囚犯之一了！

我快步走上前，剛好在路口抓住了他。

「小屁孩，你這樣過馬路，該不會又想自殺吧！」

「咦？老闆！」小屁孩看見我也大吃一驚。

「是你的朋友嗎？」他的母親不認識我。

「這麼趕著去哪？」

「我要去參加電競比賽啊！隊友們都到齊了！」

小屁孩指向遠方，四個男人向他揮手，他們身穿著電競的團隊衣服。

「但你還穿著校服……」

「我幫他簽了請假單。」小屁孩的母親。

「呵呵！很少有母親會做出這種事。」

「沒辦法啊！學校會馬上批准休假給鋼琴比賽的學生，田徑賽還要看比賽規模，至於電競比賽，大概只有被老師責罵的份吧！」

母親舒了一口氣，摸摸孩子的頭：「他就是喜歡電競，我去看過他的比賽，技術比專業的電競選手還要好，所以我就由他去吧！」

「真厲害呢！」我也摸摸小屁孩的頭。

不料他一下揮開我的手，扯著我的衣角，湊近我的耳邊，以他母親聽不到的聲量說：「我玩得這麼好，是因為我困在賓館裡十八年，在房間裡每天都在腦海裡模擬練習啊！」

我無言以對，小屁孩又換回一副天真臉：「媽，我們沒時間了！」

「好好好，知道了。」母親向我微笑點頭，小屁孩便扯著她離開。

小屁孩的人生比其他人多了十八個年頭，在未來的日子他該明確的找到方向吧！

與小屁孩道別後，我來到一間售賣裝修工具的店鋪，前幾天賓館的樓梯木板穿了個大洞，我試過把玻璃杯丟進去，很久也沒聽到玻璃破碎的聲音，不知樓梯的洞有多深，能通往哪裡，所以我想買些工具將它堵住。把所需的工具都買好後，反正還有時間就四處晃一下，發現前方有一間玩具店。

一個穿著娃娃裝的店員，跳著噁心的舞蹈宣傳，但由於娃娃服裝的設計太過恐怖，把經過的小孩都嚇哭了。

我正打算繞道而行，娃娃竟以滑稽的動作衝向我，我拔腿逃跑，想拿出手機打電話給殺手「鯨」來一槍斃了他。沒想到娃娃把笨重的頭罩卸下來，露出了一顆禿頭。

「老闆，沒想到在這裡遇到你！」

「原來是你啊！嚇了我一跳。」

原來穿娃娃裝的人，正是來賓館為了五百萬報酬進行精神實驗，在虛無空間待了足足一整年的禿頭男。

「這玩具店是你開的嗎？」

「對啊！我用精神實驗的報酬開的，要進來看一下嗎？」

「喔！好。」我跟隨他進入玩具店，裡面擺放了各式各樣的玩具，大部分都是我從沒見過的。

「這些玩具全都是我自己設計的，你看這個是我們店的大熱門商品，六角星戰隊！」禿男把一套六款的模型展示給我看。

「這些玩具，怎麼……它們的樣子好像怪怪的？」我訝異的看著六角星戰隊，模型戰隊服裝和組員的樣貌實在醜得不敢恭維。

「老闆你真有眼光，這裡所有玩具都是根據我的樣貌去設計的，你看看這組參考湯瑪士小火車的模型！」禿男又展示出有他樣貌在火車頭的玩具。

「這種玩具有小孩會喜歡嗎？用來驅鬼差不多。」

「你別這樣說嘛！我太太也很喜歡這種設計！」

「你太太？」

「對，她是我玩具店的第一個客人！」

禿男叫喚在打掃的妻子出來，我看到她的那一刻，差點連眼珠都掉出來，從頭到腳都是模特兒等級，而且非常年輕，笑起來跟林志玲有幾分相似，身材則是波多野結衣的複製品。

「她、她、她是你太太？」

「對啊！我們剛剛結婚滿一周年。」

禿男還在我面前親吻了妻子，還裝可愛向她撒嬌。

「我想起有點事，先走了……」我壓抑著想拿出剛買回來的工具砸他頭的想法，默默的離開了玩具店。

這個世界就是這麼公平，禿男失去了童真，現在開玩具店把童真賣給小孩；他沒有頭髮，卻得到一個漂亮的妻子。

為了平靜一下我震撼的心靈，我找了家咖啡店坐下來。由於還沒到午餐時間，所以店裡的人很少，只有幾個閒著沒事做的老頭在看報紙。

然而，我也是在外面看到這間咖啡店有電腦可以上網，才進來打發打發時間。

正當我走過去排隊想買咖啡時，前面突然傳來一陣爭吵聲。

「吸管呢？」

「這位客人，很抱歉，我們咖啡店已經全面禁用吸管了。」

「我要冰咖啡，這麼多冰塊怎麼喝？這麼環保，你們外帶不用塑膠盒嗎？」

「沒錯！我們公司快要把外帶盒換成紙盒了。」

「小姐！少來這一套，你們禁用吸管只是想減低成本罷了！現在很多餐廳都是表面全面禁用吸管，但實際上客人要求也會提供吸管的，這叫靈活變通。」

「客人，你真的想要吸管嗎？」

「對！」

店員突然用手指夾著兩枝吸管，俐落的插進客人鼻孔裡，客人的頭顱後仰，鼻血直噴。

「哎！你幹嘛！」

「你就嚐嚐海龜的感受吧！地球都快被人類搞垮了，你還在執拗什麼吸管啊！白痴！」

那客人一直流著鼻血逃離咖啡店，我一直凝視著店員，原來她就是來賓館嚷著要消失的四眼妹。

「咦？老闆！」

「嗨！很久不見了。沒想到一直被欺負的你，現在變成了暴烈女，可是這樣把客人嚇跑沒關係嗎？」

「其實，這是咖啡店的特色，你看看那邊。」

我朝四眼妹手指的方向一看，一位男客人正被咖啡店服務生戳著太陽穴臭罵一頓，但男客人的表情看來非常享受。

「真……真的有夠特別。」

「對了老闆，你需要什麼嗎？我可以親自為你服務唷！畢竟你是害我在意中人面前裸體的人呢！」四眼妹雖然面露笑容，但指骨卻啪啪作響，青筋暴現。

「我想要杯黑咖啡，我在旁邊用電腦上網就夠了。」

「好的，黑咖啡要淋在頭上還是潑向你臉？」

「我用來喝的啦！」

「好的。」四眼妹看起來表情有點失望。

我端著咖啡，走在旁邊打開咖啡店的電腦，本來只想看一些明星的八卦新聞，無意中發現那個不要臉的作家，原來正在網上連載關於夜谷賓館的小說。

我約略看了一下，他把所有房客的故事都寫在裡面，還將賓館老闆這個角色寫成又刻薄又吝嗇的小氣鬼，我馬上給他的故事負評。

不可能！他應該已經沒了賓館的記憶，怎麼會……

我回想作家吃糖果時的情境，他裝作帥氣般把糖果拋到半空再吞進肚子裡……

「可惡！」我不禁在電腦前大喊一聲，那個白痴作家根本沒有拆開糖果的包裝，難怪藥力沒有生效！

不過，這還不是最扯的，當我看網路新聞時，發現其中一則令人咋舌的新聞：

「一名在公立醫院工作，名叫曼森的醫師，他懷疑自己擁有雙重人格，在兩個人格都一致決定後，曼森醫師決定幫自己進行腦科手術，希望能解剖雙重人格的祕密。」

每天在賓館看到曼森醫師，就是一條專業的毒蟲，差點忘了他是腦科醫師……

晚飯時，我還遇見那個殺死自己母親、想來賓館藏屍的不孝子，但他成功改變了過去，也就是說沒來過夜谷賓館，所以現在的他應該是不認識我的。

真是夠了，一整天遇見舊房客，到底是什麼樣的孽緣啊！我回到空無一人的賓館，替每個房間進行打掃，賓館每個角落都充滿著回憶，儘管夜谷現在生病了，我還沒找到解決辦法，但也絕對不會離開。

說起來，沒有吃下糖果的除了那個作家，還有另外一個人——鄧海山。當天我向房客宣布賓館暫停營業之後，我到了鄧海山的房間裡，請求他幫我做一件事。

「你說過，會誓死保護夜谷賓館的，對吧？」

「男子漢，一言九鼎！」

「很好，我要借用你死不去的身軀幫我做一件事。」

「請儘管說。」

「賓館有兩大禁忌，不能時光倒流，也不能讓死人復活。但這次我想請你幫我到未來一趟。」

「未來？哪裡？」

「在父親的遺物中有一隻手錶，我記得他說過，手錶是祖父傳給他的，它能讓人穿越未來。我想請你幫我去二〇四七年。」

「去二〇四七年，幹嘛？」

「我相信，那時候制訂這份契約的人將會出現。我要你幫我找到他，重新簽訂一份新的契約。」

「這就是，解救賓館的，方法？」

「手錶不屬於賓館的東西，但它也擁有魔力。這就代表手錶和賓館的力量都是來自於某個人，而他很有可能就是立契約的人。」

「找到他，之後，我要怎麼，回來？」

「你不用回來，直接跟二〇四七年的我會合就可以了，我會繼續想其他辦法的。」

「我，搞不懂。」

「憑你的古代腦袋是沒可能搞得懂的，你會幫我嗎？」

「如果，這段日子，阿紫回來，叫她，等我一下。」

「好，一言為定。」

「後會有期。」

跟鄧海山的對話總是這麼乾脆，就這樣，他帶著賓館的契約離開了。

我拿著買回來的工具和木板，想要修理樓梯的破洞，聽見有人推開賓館的門，門後的銅鈴發出清脆的聲響。我馬上跑到櫃檯，發現前來的是一位穿花裙，年約二十歲的女生。

「喂！你沒看見門外的招牌熄了嗎？」

「才不是，它亮著。」

我狐疑的走到門外一看，招牌霓虹燈在幾個月前就熄滅了，所以一個客人都沒有。但沒想到，現在霓虹燈竟然亮起來了……

「沒騙你吧！它寫著營業中！」女生指著招牌。

我困窘的走回櫃檯，女生也跟隨在後面，她突然說：「其實我們已經見過面了。」

「什麼？我根本不認識你。」

「在你父親的葬禮上。」

被她這樣一說，我就記起來了，當時一個同樣穿著花裙的女孩，莫名其妙出現在父親的葬禮上，放上一朵小黃花。

「那天，不請自來的人就是你？」

「嘿嘿！寫信叫所有房客來葬禮的人也是我。」

我記得父親葬禮當天，每個前來祭拜的房客手上都拿著信，而且信是從賓館寄出的。那麼說，這女生難道一直都住在賓館裡，而我不知道嗎？我無法在一時之間消化這女生的說話。

「你到底是誰？來賓館幹嘛？」

「我是誰不重要，更重要的是，時間不多，我來告訴你拯救賓館的方法！」

（完）

外傳

神與程式設計師

我希望永遠都停留在這一秒。

〓神〓

「人類，說出你的願望吧！」

「我希望可以令世界恢復原貌！」萊特是一名程式設計師。

「世界的原貌，是指人類仍未出現之前嗎？」

「不……是指你還沒出現之前！」萊特托一托鏡片碎掉半邊的眼鏡。

很抱歉，要將故事的開頭弄成這樣，但事情的確已經發展成這個局面了。世界沒有末日，只是人類文明快要在宇宙史上畫上句號。起因是人類對於發明更快的手機、飛更遠的火箭、建更高的豪宅已經厭倦了。

蘋果沒落了！每年的新款只是速度更快、螢幕更漂亮，了無新意！火箭能飛出太陽系了，但關我什麼事？豪宅高到戳到外星人屁股又怎樣，我也買不起。於是，科學家開始研發各方面的人工智慧，去融入人類的生活，例如無人駕駛的智慧型汽車出現，令交通意外和塞車都降到最低。即使有突發狀況出現，其他智慧型汽車也能預先知道，避免意外。

智慧教師、智慧醫師、智慧廚師等職業也漸漸在社會出現，因應每個學生的學習程度去調整課堂內容，準確又快速診斷患者的病再對症下藥，烹調量身訂作口味的菜色……，這些都是人工智慧的強項。人類的接受力很強，很快就讓人工智慧占據了日常生活，就像當年的網際網路一樣。

不知是哪個天才，想研發一部名為「神」的人工智慧，它能結合其他已經在社會運行中的人工智慧，實現所有人類的願望，消除每個人的煩惱。研發者說為了公平起見，「神」只能為每個人實現一次願望。

因為「神」是美國人發明的，所以它面世的那一天，邀請了美國總統率先在全球直播的鏡頭前許願。

「老實說，我希望得到一棟比誰都要大的豪宅，我希望能得到一輛全球限量的跑車，我還希望不用做總統，這太累人了。不過……我真正的願望是，這個世界能變得更好。」美國總統單手捂住胸口，一臉誠懇的許了個假惺惺的願。

總統竟把珍貴的願望奉獻給全世界，所有在場見證的民眾都一同為總統的偉大而歡呼，更有人雙目淌淚，唱起美國國歌。但很快歡呼聲就停止下來了，連微風吹拂樹葉的窸窣聲也聽得清楚。

還記得那個發明「神」的天才吧？他也很天才的把「神」創造成人形：一個全白色、沒有五官，只有隱約人形輪廓的機器人。如今，「神」的半邊身體都是鮮豔的紅色塗鴉，手上並且多了顆人頭。就在美國總統許願後的半秒，機器人接收到命令，體內發出機械運作的聲響，然後一伸手就俐落的摘下美國總統的頭顱。

「世界要變得更美，就必先消滅人類。」

現場寂靜了半晌後，爆出像巨浪般的尖叫聲。人群像熱鍋上的螞蟻般四處亂竄，場面一片混亂。「神」只是待在原地，丟下總統沒用的頭顱。它的處理器已經連接了全球的人工智慧，展開大規模的人類清洗行動。

人類就連手機沒有電都活不下去了，更何況全球人工智慧判叛變呢？可惜，沒有像電影一樣出現救世主，人類軍隊完全不堪一擊，各國藏在地底的導彈自爆，炸毀了大量軍事設備。軍隊拿著槍枝，沒走多遠就被人工智慧汽車輾斃了。人類一下子返回石器時代，躲在地底下苟延殘喘。

十多年後，說好聽點是局勢穩定了下來，實際上是生還者已經少到很難再被發現了。

倖存的萊特費盡心血，用一部不能連線的電腦，研發了一種病毒，來癱瘓人工智慧。萊特爬上地面，眼前的美景使他以為自己誤闖了天堂，翠綠的樹藤纏繞著大廈生長，雀鳥在天空中飛翔，動物悠哉悠哉的在馬路上奔馳。看著眼前的仙境，萊特明白了「將世界變美好」的意思。可是，現在不是陶醉迷人美景的時候了，身為人類的他，必須活下去。

萊特全身都被「隱形披風」掩蔽住，它能避過所有電子儀器的偵測。幾經辛苦，終於來到「神」的面前。它從摘下總統的頭那天就沒離開過，一直站在原地，不過像「神」這般高級的人工智慧，根本不需要軀殼吧！

「人類，說出你的願望吧！」

「我希望可以令世界恢復原貌！」

「世界的原貌，是指人類仍未出現之前嗎？」

「不……是指你還沒出現之前！」

「你確定這是你要許的願望嗎？」神在暗示十多年前總統的失誤。

「是。」這個問題，萊特已經在地底思考過無數次了。

「好的，我明白了，現在我就關掉全世界的人工智慧。」

「神」一直站在原地十多年，突然像失去操控線的木偶一樣倒在地上，一動也不動。

萊特察看四周，看到一些人工智慧汽車停泊在路旁，智慧建築工自行建造出來的防衛塔也停止運作了。

「我、我成功了嗎？哈！我成功了！哈哈哈！」萊特脫下隱形披風振臂揮手。

「才怪呢！」

萊特駭然回頭，「神」比他更快一步，將他的腦袋整個抽出來，再從自己身體內扯出一堆電線，接駁到萊特的腦袋上。

「在夢中現實你的願望吧，人類！」

＝程式設計師：萊特＝

「唉，第六萬五千零九次模擬實驗，還是失敗了。」

萊特把煙蒂插進早已插滿煙蒂的煙灰缸上。他正是那個開發「神」的天才，為了避免如「摘下美國總統的頭顱」這種不必要的意外發生，萊特開發了一套模擬工具，模擬一下各種願望對世界帶來的影響。

到目前為止，萊特總共實驗了六萬五千零九次，結果每次都是人類被滅絕。即使是最簡單的願望「繼續替人類服務，效忠人類」，若干年後，不用工作、什麼都伸手可得的人類，也會變得跟植物人一樣，最後因生育能力退化而滅絕。

「算了，先回家吧……」萊特脫下眼鏡，搓揉乾澀的眼睛，舒了一口濁氣，輕嗅一下胳臂，腋窩散發出一股濃烈的酸臭味。他已經一整個星期沒回家了，這天是女兒的生日，他非回去不可。離開公司跳上計程車，半小時的車程他睡到近乎休克，嚇了司機一跳。

一打開家門，九歲女兒便飛快的跑了過去，毫不在意七天沒洗澡所煉成的濃烈體味，飛撲進萊特的懷中撒嬌。

一家人圍坐在餐桌上，桌上放滿熱騰騰的食物，女兒穿著萊特買給她的公主裙，不到一歲的兒子在母親懷中喝著奶。晚餐過後，妻子把碗盤洗乾淨，萊特跟女兒說床前故事，兒子在嬰兒床睡著了，睡相可愛到令人融化。萊特與妻子躺在床上，妻子依偎在他懷裏，比起肉體纏綿，兩人決定利用這珍貴的時光好好聊一聊。

「研究有進展嗎？」妻子撫摸著他的胸口。

「唉！還在原地踏步，人工智慧實在太強大了，我漸漸覺得人類不應該干涉它，否則只會把世界的控制權雙手奉上，送給自己製造出來的機器人而已。」萊特雙手枕在後腦。

「那怎麼辦？」

「沒辦法了，只好中止計畫。」

「那豈不是很可惜嗎？」

「這世上的人工智慧已經夠多了。再加上，要是這世上真的有一個能實現全人類願望的人工智慧……」萊特親吻妻子的額頭。

「我希望永遠都停留在這一秒。」萊特說。

（完）

後記

寫這本書最令我頭痛的地方，是結局該如何發展。原本我寫了一個熱血正能量的結局，但後來刪除了，因為這一點也不現實。何況我也很討厭「虛假」的正能量，所以結尾加了一段老闆的自白，再換成一個超級淒慘的結局。但最後這個版本也沒有用到，因為在我心目中，這世界雖然很淒慘，但是在淒慘中尋找一點點正能量，正是人生的樂趣。

當賓館契約出現後，相信很多讀者都開始意識到故事所比喻的事情，海外讀者如不太理解，可以google一下書中提過的一八九八年、一九九七年、二〇四七年，就會一清二楚了。

「老闆」作為主角，卻沒有名字。是因為「老闆」代表著任何人。我也是衷心希望，香港人能夠像老闆一樣覺醒，我們都不知道未來會變成怎樣，但是，我絕對不會選擇「退房」。

關於《神與程式設計師》這個短篇故事，是在《皇冠雜誌》刊登的一個小短篇。碰巧當時我在趕這本書的稿子，所以就一併放進書裡。

在神的故事中，神將萊特殺死了。只讓他的大腦一直做夢，在夢中達成願望。另一方面，在萊特的故事說，這只是一個模擬程式，模擬出一個仿真實的世界，去測試神的能力。

哪一邊才是真實？是夢或是模擬程式？在我們現實生活中，很多事情只要出發點不一樣，看法也會截然不同。如果你支持神的一方，就會認為萊特正在做夢，反之亦然。這正是故事有趣的地方了。

夜谷賓館營業中

作　　者／藍橘子
美術編輯／孤獨船長工作室
責任編輯／許典春
企畫選書人／賈俊國

總 編 輯／賈俊國
副總編輯／蘇士尹
編　　輯／高懿萩
行銷企畫／張莉滎・蕭羽猜・黃欣

發 行 人／何飛鵬
法律顧問／元禾法律事務所王子文律師
出　　版／布克文化出版事業部
臺北市中山區民生東路二段 141 號 8 樓
電話：(02)2500-7008 傳真：(02)2502-7676
Email：sbooker.service@cite.com.tw
發　　行／英屬蓋曼群島商家庭傳媒股份有限公司城邦分公司
臺北市中山區民生東路二段 141 號 2 樓
書虫客服服務專線：(02)2500-7718；2500-7719
24 小時傳真專線：(02)2500-1990；2500-1991
劃撥帳號：19863813；戶名：書虫股份有限公司
讀者服務信箱：service@readingclub.com.tw
香港發行所／城邦（香港）出版集團有限公司
香港灣仔駱克道 193 號東超商業中心 1 樓
電話：+852-2508-6231 傳真：+852-2578-9337
Email：hkcite@biznetvigator.com
馬新發行所／城邦（馬新）出版集團 Cité (M) Sdn. Bhd.
41, Jalan Radin Anum, Bandar Baru Sri Petaling,
57000 Kuala Lumpur, Malaysia
電話：+603-9057-8822 傳真：+603-9057-6622
Email：cite@cite.com.my

印　　刷／韋懋實業有限公司
初　　版／ 2021 年 7 月
定　　價／ 380 元
I S B N／ 978-986-5568-89-4
978-986-5568-87-0（EPUB）

城邦讀書花園 布克文化
www.cite.com.tw WWW.SBOOKER.COM.TW